2022

2022
강병호 픽셔널 스토리(가상소설)

초판 인쇄 2019년 09월 10일
초판 발행 2019년 09월 15일

지은이 강병호
펴낸이 신현운
펴낸곳 연인M&B
기 획 여인화
디자인 이희정
마케팅 박한동
홍 보 정연순
등 록 2000년 3월 7일 제2-3037호
주 소 05052 서울특별시 광진구 자양로 56(자양동 680-25) 2층
전 화 (02)455-3987 팩스 (02)3437-5975
홈주소 www.yeoninmb.co.kr
이메일 yeonin7@hanmail.net

값 12,000원

ISBN 978-89-6253-469-6-0 03810

\ 강 병 호 \

픽셔널 스토리(가상소설)

2022

문재인 대통령은
"한번도 경험하지 못한 나라를 만들겠다."고
공언하며 임기를 시작했다.
이 책은 그 정권이 끝날
'2022년'까지 감내할 '경험들'을 상상한다.

연인M&B

1949년 조지 오웰은 소설 『1984』를 통해
빅 브라더(Big Brother)가 통치할
초강력 독재국가 오세아니아를 경고했다.

'탄광 속의 카나리아'는 유독가스에 예민하다.
지하 막장에서 카나리아는 독가스가 퍼지기 전까지 지저귄다.

문재인 대통령은 "한번도 경험하지 못한 나라를 만들겠다."
고 공언하며 정권을 시작했다. 이 책은 그 권력이 끝날 '2022
년'까지 감내할 수 있는 '경험들'을 상상한다. 에피소드 하나
하나는 자유 그리고 헌법 가치의 위기를 예고하는 알람(alarm),
'탄광 속의 카나리아'다.

오늘도

유라시아 대륙의

전제(專制)와 패권(覇權), 폭력의 황사가 거침없이 밀려온다.

한반도 남쪽은 결코 안전하지 않다.

연자산 기슭에서

강병호

| 차례 |

Episode 1

—

애국가(들)

2022

졸업식에서

2월 초.
날씨는 차갑지만 그래도 졸업식 날 학교는 활기가 돈다.

경기도 고양시에 있는 신덕고등학교.
　학생이 많이 줄어 학교 강당에서 식(式)을 하지만 그래도 오늘은 학생들 인생에 오래 기억에 남을 것이다.

　신덕고는 특목고가 아닌 일반고이긴 하지만 학군이 상대적으로 괜찮아 올해도 수도권 상위 대학에 많이 진학시킬 수 있었다. 그래선지 조원석 교장은 어깨에 힘이 들어가 있어 보인다.

　영하 3도의 바깥과 달리 실내는 훈훈하다.
　강당 안에는 잔잔한 음악이 흐른다.

'이제 정년도 일 년 남았고 내년이면 나도 같이 졸업하나…'
조원석 교장은 강당 창문 밖 앙상한 나무들을 바라보다 잠깐 생각에 잠긴다.

"교장 선생님, 이제 단상에 올라가시죠?"
학생주임과 교감이 나직이 말을 붙인다.

단상에는 교육감, 졸업생 대표, 학부모 대표, 교장의 자리가 마련되어 있고 태극기가 세워져 있다.

"아! 아! 마이크 시험 중. 실외에 계신 학부모 및 졸업생 가족, 친지 여러분은 강당 안으로 들어와 주시기 바랍니다. 곧 신덕고등학교 37회 졸업식을 시작하겠습니다."

10년 전까지 졸업식에 반별로 줄을 세웠지만 지금은 자연스럽게 서서 식을 진행한다. 군사문화와 권위주의를 없앤다고 하지만 졸업식 같은 공식 행사를 시작하는데 좀 애를 먹는 건 사실이다.

"감사합니다. 네, 지금부터 신덕고등학교 37회 졸업식을 시작하겠습니다."
사회를 맡은 교감 선생이 마이크를 잡는다.

"강당에 계신 내빈 여러분, 그리고 졸업생들 단상에 있는 태극기를 향하여 주시기 바랍니다."

"국기에 대한 경례! 나는 자랑스러운 태극기 앞에 자유롭고 정의로운 대한민국의 무궁한 영광을 위하여 충성을 다할 것을 굳게 다짐합니다— 바로!"

"다음은 애국가 제창이 있겠습니다. 애국가는 반주에 맞춰 일절만 제창하겠습니다."

스피커에서 애국가가 흘러나오기 시작했다.
바로 이때, 세 명의 학생들이 단상으로 뛰어올라간다. 이번에 졸업하는 표재민, 유은실, 주광석이다.

이들은 미리 준비한 유인물을 하늘에 뿌리고 교감 선생으로부터 마이크를 빼앗아 들었다. 교감은 얼떨결에 마이크를 건네준다.

모여 있던 학부모, 졸업생, 재학생들은 이들의 돌발적인 행동에 당황하면서 서로를 바라보고 웅성거린다.

"안녕하십니까? 저는 졸업생 대표 표재민입니다. 이번에 졸업

하게 됐는데요, 우리 졸업생들은 지금 반주로 나오는 애국가
는 부르지 않도록 결정했습니다."

옆에 있던 유은실 여학생이 얼굴이 빨개지면서 마이크를 건네
받고 말을 잇는다.

"지금 나오는 애국가는 친일파 윤치호가 작사하고 역시 친
일 음악가 안익태가 작곡한 노래입니다."

다시 마이크는 옆에 있던 주광석에게 넘어간다.

"우리는 지금까지 잘못된 애국교육을 받았습니다. 우리는
'토착왜구'가 되고 싶지 않습니다. 그래서 졸업생 187명은 모
두 앞으로 이 애국가를 부르지 않을 것입니다."

다시 마이크가 옆에 있던 표재민 학생에게 넘어가려는 순간
조원석 교장은 마이크를 채간다.

"졸업식에 오신 내빈 여러분, 그리고 학부모님 여러분. 식에
혼란이 생겨서 죄송합니다. 그리고 세 학생은 연단에서 내려가
주기 바랍니다. 아무리 자기주장들이 있어도 이렇게 공식 행사
를 망치다니… 다시 한 번 죄송하단 말씀을 드립니다."

조원석 교장은 그 와중에도 교실에서 가르치듯 설명한다.

"국민의례는 대통령 훈령 272호에 따라 진행됩니다. 국민의례는 국기에 대한 경례, 애국가 제창, 순국선열에 대한 묵념 등의 순서로 진행됩니다. 애국정신을 문자와 곡조로 잘 나타낸 애국가를 모든 참석자가 목소리를 합하여 제창함으로써, 우리 국민이 지적·정서적으로 한마음·한뜻이 되게 됩니다."

졸업생들이 모여 있는 곳에서 몇몇 학생들이 소리친다.

"친일 애국가 반대!"
"애국가 부르면 토착왜구! 토착왜구!"
"쫄지마! 쫄지마! 쫄지마!"

표재민, 유은실, 주광석 세 학생은 단상에서 얼굴을 가리고 서 있다.

"아니! 쟤네들이 뭐에 씌었나? 왜 저러죠?"
조원석 교장은 학생주임 선생에게 묻는다.

"고3 학생들이 수능 끝나고 박문일 선생 인솔해서 어떤 세미나 행사에 다녀온 것 같습니다."

학생주임 선생이 대답한다.

박문일 선생은 **참교협**(참교육을 실천하는 교사협의회) 분회 위원장이다.
또한 그는 일제위(일본 잔재를 제거하는 교사위원회), **미생모**(미래를 생각하는 교사 모임), 적폐청산 추진본부 경기도 지회 회장이기도 하다.

"은실아 왜 그러니."
"아이구 미치겠네."
"재민아 내려와라! 제발."

밑에서는 표재민, 유은실, 주광석 세 학생의 어머니들이 발을 동동 구르며 소리친다.

졸업식은 한순간 아수라장으로 변했다.
누가 불렀는지 TV 방송국 카메라 기자들까지 나타났다.
교문 앞은 기자들과 구경하러 온 주민들까지 웅성거리기 시작한다.

신덕고등학교 2022년 졸업식은 그것으로 종쳤다.
2월 찬바람만 운동장에서 쓰레기들을 날리고 회오리치고 있다.

뉴스 포럼

TBJ 8시 뉴스포럼입니다.

오늘 경기도 고양시 S고등학교 졸업식에서 선생님들과 학부모들 앞에서 소동이 일어났다고 하는데요. 취재를 맡은 오정호 기자 스튜디오에 나와 있습니다.

"오정호 기자, 어떤 일이 일어났는지 말씀해 주시죠."
"네, 오늘 오전 10시 경기도 고양시 S고등학교 졸업식이 있었습니다. 어느 다른 학교 졸업식과 같이 끝날 수 있었는데요. 식을 시작하는 국민의례 시간에 문제가 발생했습니다. 졸업생을 대표하는 세 명의 학생이 단상에 올라가 친일 애국가를 제창할 수 없다고 선언한 것입니다."

앵커가 묻는다.

"아, 그럼 사전에 학교 측과 대화가 없는 상태에서 시위를 했단 말인가요?"

"네, 그렇습니다. 사전에 어떤 대화도 없었다고 합니다."

앵커가 다시 질문한다.

"학생들이 애국가를 거부하는 이유는 뭐로 들었나요?"

"학생들은 애국가를 작사한 윤치호는 친일파이고 작곡한 안익태도 친일 음악가였기 때문에 지금의 애국가를 거부한다고 했습니다."

앵커는 잠깐 숨을 들이쉬고 말을 잇는다.

"그 점은 우리가 2부에서 팩트 체크를 할 예정이고요, 졸업식은 어떻게 되었나요? 그리고 졸업식에 참석한 학부모들의 반응은 어떻습니까?"

"졸업식은 학생 전체가 퇴장하는 바람에 끝났고요, 학부모들도 조금은 황당하다는 반응입니다."

앵커는 금테 안경을 쓸어 올리면서 대답한다.

"그동안 습관적으로 불러오던 애국가에 대해 경종을 울리는 사건일 수도 있겠네요… 네, 오정호 기자 수고했습니다.”

TBJ 8시 뉴스포럼 2부입니다.

1부에서 말씀드린 바와 같이 오늘 경기도 고양시 S고등학교 졸업식에서 학생들이 애국가 제창을 거부하고 졸업식장을 퇴장하는 사태가 벌어졌습니다. 2부에서는 학생들의 주장에 대한 팩트 체크를 하도록 하겠습니다. 이 자리에는 윤서영 기자가 나와 있는데요….

“윤 기자, 학생들의 주장을 요약하면 어떻게 정리할 수 있을까요.”

윤 서영 기자는 단발머리를 쓸어 올리며 설명한다.

“오늘 S고등학교 졸업식장에서 학생들의 주장은 두 가지로 요약할 수 있습니다.”

“뭐죠?”

“지금 우리가 부르는 애국가의 작사자와 작곡자 모두 친일 행위를 했다는 겁니다.”

“자, 그럼 작사자부터 살펴보죠.”

“애국가의 작사자는 공식적으로 알 수 없습니다. 하지만 여기에 두 개의 설이 있습니다."

"첫 번째로 유력한 작사가는 윤치호(1865~1945)입니다. 그가 1907년 펴낸 노래집 『찬미가』에 지금 우리가 부르는 애국가와 비슷한 내용의 가사가 실려 있습니다. 많은 학자들이 이 노래집 과 '윤치호 작(作)'이라 서명된 '모필본(毛筆本) 애국가 가사지' 등 을 근거로 '윤치호 작사가설'을 주장하고 있습니다."

"두 번째로 유력한 작사가는 안창호(1878~1938) 선생입니다. 이런 주장을 하는 사람들은 춘원 이광수가 쓴 책 『도산 안창호』 제 6장의 다음 대목 등을 근거로 듭니다.

"정청(政廳, 상하이 임시정부 청사)은 매일 아침 사무 개시 전에 전원이 조회를 하야 국기를 게양하고 '동해 물과 백두산이 마르고 닳 도록' 하는 애국가를 합창하였다. 도산은 그 웅장한 음성으 로 힘을 다하여 애국가를 불렀다. (중략) 원래 이 노래는 도산의 작(作)이어니와 이 노래가 널리 불려져서 애국가를 대신하게 되매 도산은 그것을 자기의 작(作)이라고 하지 아니하였다. 애국가는 선생님이 지으셨다는데 하고 물으면 도산은 대답이 없었다. 그 러나 부인(否認)도 아니하였다. (하략)"

"작사가에 대해 1955년 국사편찬위원회 애국가작사조사위원회는 '윤치호' 설을 들어줬고 이후 신용하 서울대 명예교수는 2018년 '안창호' 설의 손을 들어준 바 있습니다."

"그런데 윤치호 설은 문제를 일으킬 수도 있다고요?"

"네, 그렇습니다. 윤치호는 조선, 대한제국, 일제강점기, 외교관·언론인·교육자·기독교운동가였습니다. 구한말 갑신정변으로 피신했다가 귀국, 독립협회 활동, 독립신문 발행인과 제2대 독립신문사(獨立新聞社) 사장 등으로 활동했으나 105인 사건 이후 일제에 협력했고, 일제강점기 신문과 강연을 통해 조선 학도병 지원을 독려하는 활동을 하고 일제가 만든 귀족원 의원으로 선임되기도 했습니다. 그는 한국인은 자치 능력이 부족하다고 판단하여 독립운동과는 거리를 두기도 했습니다. 윤보선 대통령이 그의 5촌 조카이기도 합니다."

"그렇다면 작곡가는 어떻죠?"

"네, 작곡가는 우리가 분명히 알 수 있습니다. 바로 안익태 선생인데요… 역시 친일 행적이라는 과거에서 자유로울 수 없습니다."

"말씀해 보시죠."

"안익태는 민족문제연구소가 친일 명단에 올리기도 했는데요. 1942년 9월 독일 베를린에서 만주국 건국 10주년 경축 음악회에서 〈만주국 환상곡〉이란 작품을 지휘했고, 1938년 일왕을 찬양하는 음악 〈에텐라쿠(越天樂, 월천악)〉를 작곡하기도 했습니다."

"일부 학자들은 안익태가 1941년에서 1944년까지 독일 베를린에 거주하면서 1944년 히틀러 생일기념으로 파리에서 열린 '베토벤 페스티벌'을 비롯해 독일, 이탈리아, 프랑스, 스페인 등지에서 30여 차례 공연했는데 자신이 작곡한 〈에텐라쿠〉, 〈만주국 환상곡〉과 리하르트 슈트라우스의 〈일본 축전곡〉 등을 연주하는 친일 행각을 벌였다는 것입니다."

"네! 그렇다면 학생들의 주장이 근거 없는 것은 아니네요."
"네! 맞습니다."

앵커는 윤 기자를 보고 미소 지으며 마무리한다.

"오늘의 팩트 체크였습니다."

보도—조선중앙TV

"조선중앙텔레비죤 보도!"

리춘희 아나운서는 여느 때와 같이 혁명적으로 박력 있게 방송을 시작한다.

"지난 2월 17일 남조선 경기도 고양시 신덕고등학교 졸업식장에서 학생들이 소위 남조선 애국가를 거부하는 사건이 일어났다."

"신덕고등학교 학생들은 소위 남조선 애국가는 친일분자 윤치호가 작사하고 친일에다 나치주의자인 안익태가 작곡한 곡임으로 부를 수 없다고 단연코 거부했다."

"늦었지만 이는 우리 민족의 피가 흐르는 순수한 학생으로서 당연한 일이다. 우리 조선민주주의인민공화국은 김일성 대원수님께서 지시하셔 애국가를 1947년 5월 작시하고, 같은 해 6월 27일 작곡을 완료, 6월 29일 북조선인민위원회에서 지금의 애국가로 확정한 바 있다."

"조선민주주의인민공화국은 헌법 제1절 제171조에 이 애국가를 명시하고 있으며 이는 헌법적으로 근거도 없는 남조선과 다른 점이다."

"조선민주주의인민공화국 국무위원회에서 당중앙 동지께서 이제 '정전협정', '조미 평화협정'도 맺은 상황이고 북남 인민이 합력하면 곧 이 땅에 70년 이상 불법 주둔하고 있는 미군도 영구히 철수시킬 수 있는 마당에 이제야 민족의 동질성을 찾을 때가 됐다고 말씀하셨다."

"조선민주주의인민공화국 국무위원회는 민족 통일의 여정을 손잡고 가기 위해 우선 북남 간의 통일 애국가를 제정하기 위한 협의위원회를 구성하자고 남조선 당국에 공식적으로 제안한다."

"또한 남조선에서 우리 조선민주주의인민공화국 애국가를

같이 부르기를 원한다면 남조선의 력사적 정치적 사정에 따라
우리 애국가의 일부 가사도 바꿀 수도 있다는 점을 천명한다."

"남조선 당국은 4월 1일까지 우리의 제안에 응답하여 주기를
바란다."

토론 90

"네, 매주 금요일 금주의 시사 이슈를 가지고 한 시간 반 동안 토론으로 격돌하는 TBJ '토론 90' 입니다."

진행을 맡은 송성한 교수의 멘트로 프로그램은 시작한다.

"지난 2월 경기도 고양시 S고등학교 졸업식에서 선생님들과 학부모들 앞에서 소동이 일어났습니다. 식(式)을 시작하는 국민의례부터 문제가 발생했는데요… 졸업생을 대표하는 세 명의 학생이 단상에 올라가 친일 애국가를 제창할 수 없다고 선언한 것입니다."

"학생들은 애국가를 작사한 윤치호는 친일파이고 작곡한 안익태도 친일 음악가였기 때문에 지금의 애국가를 거부한다고 했습니다."

"이 이후 친일 애국가를 거부하는 운동이 20·30세대와 SNS를 중심으로 확산되고 있습니다. 마치 몇 년 전 아이스버킷 챌린지 같이 애국가 악보를 찢는 릴레이 캠페인도 벌어지고 있는데 최근 또 다른 변수가 발생했습니다."

"이번 주 월요일 북한에서 남북 간의 통일 애국가를 제정하기 위한 협의위원회를 구성하자고 공식적으로 우리 정부에 제안했습니다. 오늘은 이 주제, 〈친일 애국가, 통일 애국가, 정체성의 혼란인가 통일을 향한 실험인가?〉에 대한 여야 입장을 듣고 토론하기 위해 여야 대변인들을 모셨습니다."

"먼저 여당 '함께사회당' 대변인 정재인 의원님 나오셨습니다. 다음 야당 '대한조국당' 대변인 강희전 의원님 나오셨습니다. 먼저 정 의원님 '함께사회당'의 당론은 어떻습니까?"

정재인 의원은 예의 낭랑한 목소리로 시작한다.

"우리 당은 학생들의 높은 민족의식을 존중하여 금주부터 국민의례에서 애국가 제창을 잠정 중단하기로 했습니다. 물론 국민의례는 정상적으로 지키고 있고요. 여론조사에 의하면 전 국민 중 77%가 지금 애국가의 폐지와 새로운 국가(國歌)의 제정을 원하고 있더라고요. 이 문제를 좀 더 깊이 연구하기 위해 당내 '국가(國歌) 존치와 개정검증위원회'를 설치하고 위원장에 4선의 윤준한 의원을 내정했습니다."

"그럼, '대한조국당'의 분위기는 어떻습니까?"
"정말 이런 문제로 공영방송에서 토론할 줄은 몰랐습니다."

강희전 의원은 깊은 한숨을 쉬며 말을 시작한다.

"김구 선생은 1945년 11월에 출간된 『한국애국가』에서 '애국가가 광복운동 중에 국가를 대신하게 되었다.'고 쓰신 바 있습니다. 지금 우리가 부르는 애국가는 광복군이 부르던 군가였고, 목숨을 걸고 독립운동을 하던 해외교포들의 망향가였고 6.25전쟁 중 국군과 애국지사들이 목놓아 부르던 우리의 정체성의 일부입니다. 오늘날 애국가를 부정하는 것은 해방 이후 우리 대한민국의 역사를 부정하는 것이라고 생각합니다."

사회를 맡은 송성한 교수는 정재인 의원을 보고 묻는다.

"정 의원님은 '대한조국당'의 의견에 대해 어떻게 생각하십니까?"

정재인 의원은 늘 그렇듯 상대방 약을 올리고 비아냥거린 말투로 시작한다.

"네! 거의 80년을 불러온 노래를 부르지 말라 하면 습관적으로 어렵겠죠… 저희도 이해합니다… 하지만 이젠 냉전적인 사고방식도 버리고 한반도 평화 시대에 적응해야 합니다."

"지난 2018년 평양 방문을 포함한 두 차례 남북 정상회담, 싱가폴 북미 정상회담!"

"2019년 하노이 북미 정상회담, 판문점 회담, 북한 고위급 UN 총회 연설!"

"2020년 초 북측 정상 서울 답방, 몽골 울란바토르에서 한북미 3자 정상회담과 그리고 종전선언!"

"2021년 북미 평화협정과 미국·한국·평양 연락사무소 개설까지 숨 가쁘게 걸어온 자주적 평화통일의 여정을 잊어서는 안 됩니다."

"또한 지금 민간과 SNS에서 활발하게 벌어지고 있는 미군 철수 운동도 '대한조국당'은 귀기울여야 합니다. 우리 민족의 진정한 통일을 위해 지금의 친일, 친나치 애국가의 존치는 다시 생각해 보아야 합니다."

사회를 맡은 송성한 교수가 다시 말한다.

"자, 주제를 좀 바꿔 볼까요? 지난 월요일이죠? 북한에서는 조선중앙TV를 통해 남북이 새로운 애국가를 제정하기 위한 기구를 설치하거나 현재 북한 애국가를 개정해서 같이 쓰자는 제안을 해 왔는데 각 당의 의견은 어떠신지요?"

정재인 의원은 또 상대방을 비웃는 듯 미소를 지으며 말을 시작한다.

"맞습니다. 우리 당은 북한의 의견을 놓고 세 가지로 검토하고 있습니다. 첫째는 지금의 남한 그러니까 대한민국이지요. 애국가를 폐지하고 새로운 남한(지금까지 대한민국)의 국가를 만들 것인가? 둘째, 남북(북남)이 협의해서 통일 애국가를 만들 것인가? 셋째 북에서 제안한 대로 북측 애국가를 개사(改詞)해서 사용할 것인가?"

강희전 의원이 말을 낚아챈다.

"아니? 북한 애국가를 같이 쓴다고요?"

'함께사회당' 정재인 의원이 상대방을 경멸하는 표정을 지으며 말을 끊는다.

"왜? 같이 쓰면 안 되나요? 그런 '토착왜구' 같은 냉전적 사고방식에서 이제 나오세요. 우리 당에서 검토한 바에 따르면 북한 애국가는 주체사상이나 개인 우상화에 대한 내용은 없고 작사·작곡 음악적 완성도 측면에서 봐도 남한 그러니까 대한민국? 애국가보다 훨씬 낫다고 판단하고 있는데요. 이젠 그런 '토착왜구' 같은 사고방식에서 좀 탈출하세요…."

"아니? 애국가를 부르면 '토착왜구'입니까?"

어떤 수업

2022

총장실

"이리와 앉으시오."
윤건영 총장은 오 교수에게 손짓했다.

수도권에서 그래도 알아주는 기독교 사립대学의 총장실, 뒤
편에는 십자가와 총장 부친인 고(故) 윤태호 목사님의 기도하는
사진이 붙어 있다.

"강의하시느라 얼마나 노고 많으십니까?"
윤 총장은 오민석 교수의 손을 잡고 말을 이어 간다.
이런 섬기는 리더십 류(流)의 제스처에 웬만한 순진한 교수들은
단번에 넘어간다.

"어떤 일로 부르셨습니까?"

오 교수는 살며시 손을 뿌리치며 건조하게 묻는다.

"꼭 무슨 일이 있어 봅니까? 다만 좀 상의드릴 일이 있습니다."

윤 총장은 약간 긴장한 모습으로 말을 이어 간다.

옆에 있는 인터폰을 누르고 비서에게 말한다.
"밖에 교무처장 있으면 들어오시라고 해!"

말이 떨어지기 무섭게 교무처장 채 교수가 결재판을 들고 들어온다.
"교무처장이 상황 설명을 좀 드려요."

윤 총장은 테이블에 놓인 홍차를 마시기 시작한다.
전자공학과 교수인 채인덕 교무처장이 결재판을 열어 보인다. 거기에는 교육부로부터 온 공문이 한 장 있다.

공 문

수신: 광명대학교(총장, 교무처장)
제목: [협조] '남북(북남) 화해를 위한 정보교류법' 위반사례 통보

귀 대학의 건승하시기를 기원합니다.

귀 대학의 경제학과 오민석 교수가

2022년 3월 17일 '한국경제사'에서 강의한 내용 중 일부가 '남북(북남) 화해를 위한 정보교류법' 2조 3항(남북 북남 간 상호 인정하지 않은 학설이나 정보를 공개석상에서 발표하지 않는다)을 위반했다는 신고가 '국가인권위원회'와 '교육부'에 각각 2022년 4월 10일 접수되어 이의 재발 방지를 대학 자체에서 논의하도록 권고합니다.

위 같은 사례가 계획적, 의도적으로 계속될 경우

우리 교육부는 사법 당국에 고발할 수밖에 없으니

학사 행정에 유념해 주기 바랍니다.

끝.

교육부 장관(직인)

"이런 공문이 날아왔습니다."

윤 총장과 채 처장은 동시에 오 교수의 얼굴을 빤히 쳐다본다.

오 교수는 안경을 벗고 안경알을 닦다가 창문 밖을 멍하니 쳐다본다. 흥분했는지 얼굴이 빨개져 있다.

"어떤 내용을 강의했는지 물어볼 수 있을까요? 요즘 학생 동아리인 '통·청련(통일화해 청년연합)' 회원들이 강의를 녹음해서 문제 있는 부분은 고발한다고 하는데 좀 조심하지 그러셨습니다."

윤 총장은 못내 미안한 듯이 같이 먼 산을 바라보고 말을 잇는다.

"아니, 강의내용까지 검열을 받아야 합니까?"
오 교수는 다시 안경을 쓰고 내뱉는다.

"검열은 무슨 검열입니까. 지금 정부가 고려연방공화국을 목표로 남북 화해를 위해 애쓰고 있는데 교수님! 좀 협조합시다!'

채 처장이 오 교수의 손을 어색하게 잡으며 말을 잇는다.

"지난해 국회를 통과한 '남북 화해와 통일을 위한 정보교류법'이 취지는 좋지만 6.25전쟁의 발발 기원과 북한의 고난의 행군과 같은 남북이 학술적으로 정보가 일치되지 않은 경우 언론보도나 강의를 자제하라는 시행령이 제정되어 대학이나 연구소에서 혼란이 많다는 말은 들었습니다."

오 교수는 말을 잇지 못하고 찻잔만 내려다봤다.

"교수님, 지금 학생 수가 줄어들어 우리는 교육부의 재정지원을 받아야 할 형편입니다. 이런 때 교육부로부터 이런 공문을 받으면 내년도 대학평가에 좋지 않습니다…."

윤건영 총장이 다급하게 내뱉는 소리가 마치 목욕탕 안에서 듣는 소리 같이 귀 속에서 울리기 시작했다.

그러고 보니 학기 초 강의실에서 일어난 일들이 머리를 스친다.

강의실(3월 셋째 주)

개강한 지 얼마 안 된 캠퍼스에는 아직 찬바람이 불고 있다.

3학년 전공과목인 '한국경제사'를 강의하는 오민석 교수의 강의는 광명대학교에서도 인기가 있어 경제학과 학생들뿐만 아니라 타 과 학생들도 강의실에 가득하다. 오민석 교수는 미국 MIT대학에서 박사 학위를 받고 TV 토론 프로그램에도 자주 나가는 바람에 학과에서도 기대하는 젊은 학자다.

"자, 한국경제사 두 번째 시간을 시작합니다."

출석을 부른 후 오 교수는 경쾌하게 PPT 자료를 프로젝터에 올린다.

"지난 시간까지 우리는 일제강점기와 8.15해방 그리고 미 군

정기의 한국경제에 대해 공부했습니다. 혹시 여기까지 질문 있는 학생 있습니까?"

강의실은 조용하다. 사회과학대학 211 강의실은 침묵에 잠긴다. 10여 초가 흐르자 이런 나른함을 깨고 빨간색 점퍼를 입은 여학생이 손을 든다.

"교수님 질문 있습니다."
"말해 보죠. 그런데 학생은 우리 과가 아닌 것 같은데…"
"네, 철학관데요."
"Go ahead^(계속해요)."

"교수님은 지난 시간에 '조선민주주의인민공화국'의 토지개혁과 남한의 토지개혁에 대해 설명하셨는데요? 남한의 토지개혁이 더 우월하다고 부연 설명하셨습니다. 맞죠?"
"네…"

오 교수는 약간 당황했다. 보통 학생들은 남한, 북한 하는데 '조선민주주의인민공화국'이라는 국호를 쓰는 것부터 이상했다.

"저는 고등학교 때 무상몰수 무상분배를 한 인민공화국의 방법이 유상몰수 유상분배를 한 남한보다 더 우월하다고 배웠는데 대학에서 다르게 설명하니 좀 이상했습니다."

"학생이 고등학교 때 어떻게 배웠는지 설명해 주면 좋겠는데…."

"네, 고등학교 때 선생님은 돈이 없는 농민들이 어떻게 유상분배에 참여할 수 있는가? 또 일제강점기에 토지를 가진 지주들은 대부분 친일파였기 때문에 이를 무상으로 몰수해서 나눠 주는 인민공화국식의 토지분배가 더 정의롭다고 가르쳤습니다."

오 교수는 머릿속이 복잡했다. 이걸 어떻게 설명해야 하나.

"결국 남의 것을 무단으로 빼앗아야 한다는 논리 아닌가? 이건 사유재산을 마음대로 빼앗아도 된다는 논리인 것 같은데 정의로운가요?"

"당시 대다수의 지주들은 결국 일본 제국주의에 붙어서 자기 토지를 늘려 온 것 아닌가요? 이런 지주들의 토지는 빼앗아도 문제가 없다고 생각합니다."

빨간 점퍼는 키가 작고 왜소해 보였지만 대답은 당차게 들려 왔다.

"음? 학생은 그렇게 생각해요?"

"네."

"지금은 강의 진도를 나가야 하니까 이 토론은 강의 끝난 다음 해도 될까요?"

"네."

강의실 _(3월 넷째 주)

"자, 한국경제사 세 번째 시간을 시작합니다."

"지난 시간까지 우리는 6.25전쟁기의 한국경제에 대해 공부했습니다. 혹시 여기까지 질문 있는 학생 있습니까?"

사회과학대학 211 강의실은 침묵에 잠긴다.

10여 초가 흐르자 나른함을 깨고 이전의 빨간색 점퍼를 입은 여학생이 손을 든다.

"교수님, 질문 있습니다."

"철학과 맞죠? 질문해 보죠."

"교수님은 지난 시간에 6.25가 조선민주주의인민공화국이 남한을 침략한 전쟁이라고 하셨죠?"

"그렇죠, 이견이 있나요?"

"교수님, 혹시 〈동아시아 30년 전쟁〉이란 동영상을 보신 적이 있나요?"

오 교수는 잠시 수렁으로 빠져드는 느낌이 들었다.

"지금은 강의 진도를 나가야 하니까 그런 이야기는 강의 끝난 다음에 해도 될까요?"

이때 뒷줄에서 검은 재킷을 입은 남자가 일어났다.
학생으로 보기엔 약간 나이가 든 것 같다.

"교수님, 저는 국사학과 성낙준이라고 합니다. 앞에 있는 학생이 제기한 문제는 중요하다고 생각합니다. 교수님의 답변을 듣기 원합니다."

말투는 매우 공손했지만 쏘아보는 눈은 매서웠다.

"정 그렇다면 학생의 주장을 얘기해 보죠."

"네."

검은 재킷은 천천히 일어나면서 주위를 둘러보며 말을 시작한다.

"저는 8.15해방부터 한국전쟁은 이미 시작됐다고 생각합니다. 즉 미 제국주의 군대가 이 땅에 진주하면서 그들은 우리 조선

인민공화국의 자치 역량을 짓밟고 일본(과 만주국)에 부역한 친일
파들을 경찰, 군대에 앞세웠습니다. 미 제국주의자들은 이들을
소위 반공 세력으로 내세워 소련과 특히 국공 내전에서 승리를
거듭하던 중국 세력을 견제하려 했습니다."

"우리 노동자, 농민들은 이와 같은 미제의 폭정에 항거해 대
구, 서울, 제주에서 봉기를 일으켰고 그중 가장 두드러진 항거
가 여수와 순천 그리고 제주에서 일어났습니다. 소위 여수·순
천 인민 봉기와 4.3 사건입니다."

"1950년 6월 25일에 일어난 전면전은 해방 이후 일어난 이
런 일련의 사건 중의 연장선에 불과합니다. 따라서 교수님같이
6.25라는 사건 하나로 똑 떼어 내서 보는 것은 전체적인 역사의
맥락을 보지 않는 것이며 합리적이라고도 할 수 없습니다."
검은 재킷은 오 교수를 쏘아보며 말을 마친다.

"중국의 국공 내전, 한국전쟁, 베트남전쟁으로 이어지는 30년
간 아시아 인민은 폭압적인 미 제국주의에 대항하여 정치적, 경
제적 권리를 위해 싸웠고 6.25에 시작된 사건은 30년간 인민들
의 투쟁의 일부에 불구합니다. 미국에서 공부하셨지만 6.25전쟁
을 그렇게 단순하게 생각하셔서 안 됩니다."
검은 재킷의 마지막 말에 오민석 교수의 왼손이 잠시 떨렸다.

"또한 6.25전쟁을 미국의 제국주의적 시각이 아닌 조선민주주의인민공화국의 내적(內的) 시각으로 바라봐야 한다고도 생각합니다. 더 나아가 전 아시아 민중의 시각에서도 바라봐야 한다고 생각합니다."

오민석 교수는 오른손을 앞으로 뻗으며 소리쳤다.
"그렇다고 김일성의 전쟁범죄가 사라지는 것은 아니지 6.25 때문에 얼마나 많은 사람들이 죽었나!"

검은 재킷은 즉시 대답한다.
"네, 사망자 149만, 부상자가 100만 명을 넘지요. 하지만 미 제국주의가 처음부터 한반도와 아시아에 탐욕을 드러내지 않았다면 이런 비극은 없었을 겁니다."

오민석 교수는 낮은 목소리로 마이크를 잡고 말했다.
"오늘 강의… 여기서 마치도록 하겠습니다."

경찰서

경기 남부경찰청 정보과 정보3계 강병민 경위는 잠시 노트북을 닫으며 오민석 교수를 쳐다본다.

"교수님, 다시 말씀드리지만 고발이 접수된 이상 우리는 조사할 수밖에 없습니다. '남북 화해와 통일을 위한 정보교류법'이 교수님이 주장하시는 대로 악법이라도 우리는 법을 준수하고 법을 집행하는 경찰입니다. 이해해 주시기 바랍니다."

"'남북 화해와 통일을 위한 정보교류법' 위의 상위법 헌법 22조 1항에 '모든 국민은 학문과 예술의 자유를 가진다'라고 뚜렷이 명시되어 있지 않습니까?"
오민석 교수가 신경질적으로 묻는다.

"교수님이 말씀하시는 것 같이 '남북 화해와 통일을 위한 정보교류법'은 헌변(헌법을 생각하는 변호사협회)에서 헌법재판소에 위헌심판이 제청되어 있지만 어쨌건 고발이 접수된 상황이란 걸 이해해 주시기 바랍니다."

강 경위도 딱하다는 듯이 쳐다보며 노트북을 두드렸다.

"교수님, 그리고 이런 경우는 변호사와 같이 오시지 혼자 오시면 상당히 어려우실 텐데요? 우리도 곤란하고…."

"너무 상식적인 일이라 혼자 왔습니다."

"고발장에는 강의 시간에 두 번 즉 3월 17일과 4월 7일 '남북화해와 통일을 위한 정보교류법'에 위반하는 사례가 있었다고 적시되었는데 맞습니까?"

"내 강의는 경제사고 경제사를 강의하다 보면 근대사의 중요한 사건을 짚고 넘어갈 수밖에 없습니다. 저는 사학계에서 일반적으로 받아들여지는 학설만 강의했습니다."

"혹시 강의 시간에 교수님의 강의 내용에 반발하는 학생은 없었나요?"

강 경위는 재빠르게 볼펜을 돌리며 물었다. 이런 그의 경망스런 행동이 오 교수를 더 짜증나게 한다.

"두 학생이 계속 질문하고 이의를 제기했지만… 혹시 남학생이 고발한 것 아닙니까?"

"죄송합니다. 조사가 완료되어 재판에 가기까지 고발인의 신원을 밝혀 드릴 수 없습니다."

그런데 강 경위가 잠시 주위를 돌아본다.

"교수님, 혹시 세국고등학교 나오시지 않았습니까?"

"그렇죠, 그건 왜 물으시죠?"

강 경위는 갑자기 앞에 있는 메모지에 볼펜으로 몇 자 휘갈긴다. '3층 남자 화장실 옆 계단으로 가시죠… 저도 곧 따라갑니다.'

5분 후, 3층 남자 화장실 옆 계단.

"교수님 담배 피우십니까?"

강 경위가 사무실과는 달리 아주 공손한 태도로 물어본다.

"아닙니다."

"교수님 저는 세국고등학교 22회 졸업입니다. 교수님 2년 후배입니다."

"아! 그래요 반갑습니다."

"교수님 최종학력만 보고 윗선에서 제가 고등학교 동문이라는 사실을 모르고 조사에 투입한 것 같습니다. 교수님 학력이 워낙 줄이 길어서…."

그렇지 미국에서 석사를 두 개 따고 박사도 법학, 경제학을 따는 동안 8년이란 세월이 흘렀다.

"이곳이 같은 층에서 유일하게 CCTV가 잡히지 않는 곳입니다. 그런데 교수님 아니 선배님, 이번 고발은 좀 풀기 어렵겠습니다."
"왜요?"

"고발한 사람이 '통·청련^(통일화해 청년연합)' 간부입니다. 강의 중에 질문한 두 학생이 대학 통·청련 수도권 회장과 수석 부회장입니다."
"그럼, 남학생이 회장?"
"남학생은 부회장입니다."

"더 꼬이는 점은 윗선에서 이번 건에 관심이 많습니다."
"왜죠?"
"이번 고발이 '남북 화해와 통일을 위한 정보교류법' 위반 고발 첫 사례입니다."

"윗선의 의사는 어떻게 알았습니까?"

"그곳 행정관으로 제 동기가 있습니다. 어제 저녁 그 친구를 통해 비공식적으로 통보를 받았습니다."

"그럼, 어떻게 해야 합니까?"

"원만하게 해결하기 위해선 교수님께서 같은 건이 재발하지 않겠다는 아, 일종의 경위서를 제출하면 좋겠습니다."

"아니, 반성문을 쓰란 말입니까?"

"반성문까진 아니고 그냥 있었던 사실이라도…."

"난 못하겠소! 아니 학자가 강단에서 강의하는 내용까지 반성하고 전말서를 써야 한단 말입니까? 나는 절대 그렇겐 못합니다."

"교수님, 아니 선배님. 지금 우리나라 상황을 잘 아시면서 그러시면 어떻게 합니까. 청와대, 국회, 국정원, 검찰, 국세청, 경찰, 군(軍) 같은 권력기관, 정치계, 언론, 학계, 종교계, 노조, 심지어 교육계까지 모두 진보좌파가 싹쓸어 장악하지 않았습니까?"

"보수 우파 야당이란 작자들도 2020년 총선에서 TK에 50석인가 48석인가로 찌그러지고 남은 작자들도 박근혜 전 대통령이 수렴 정치하는 친박, 반대하는 비박, 더 나아가 진박, 진진

박, 돌박, 복당파, 잔류파, 황파, 반황파 하면서 산산이 나누어진 상태라 전혀 힘을 못 씁니다. 교수님의 생각이 좋아도 지금 도와줄 사람도 세력도 없습니다. 선배님, 그냥 눈 질끈 감으시고 제가 만든 경위서에 사인만 하시면 됩니다."

"혹시 이러라고 윗선에서 후배를 보낸 것 아닙니까?"
"윗선도 이번 수사에 관심이 많고 북(北)에서도 철저히 처리하라는 통보를 받은 것 같습니다. 다시는 '6.25 남침설'이 대학가에서 강의되거나 거론될 수 없게 하라고…."
"기가 막힌 일이네, 혹시 담배 하나 빌릴 수 있습니까?"

오민석 교수는 10년 만에 끊었던 담배를 물었다.
온몸에 저리고 아프도록 전율을 느낀다.
담배만의 원인은 아닌 것 같았다.

윤리위원회

"2022년 3차 교직원 윤리위원회를 개최합니다."

진영숙 교수가 의사봉을 두드렸다. 대학 내부에서 4명, 대학 외부에서 5명으로 구성된 윤리위원들은 어색한 듯 서로의 시선을 피하고 있었다. 사실 좋은 일도 아니고 성추행 징계로 소집된 위원회가 즐거울 리 없다.

정년을 1년 앞둔 진영숙 교수가 배포된 프린트물을 읽는다.

"3차 교직원 윤리위원회에서 처리하고 의결할 사안은 단일 사안으로 번호 2022-3 교원 성추행 건입니다. 본 건은 학생 2명으로부터 인권위원회에 제소된 사안으로 인권위원회에서는 진상을 조사한 후 윤리위원회에 이관한 사안입니다. 윤리위원회 전문위원 소정섭 차장은 참고 문건을 낭독해 주기 바랍니다."

"네. 윤리위원회로부터 이관된 사건 개요는 다음과 같습니다."

"철학과 재학 중인 3학년 P모 학생(여)은 제소된 오민석 교수(이하 피제소인)의 한국경제사 강의를 수강하던 중 2022년 5월 3일 강의 중 질문사항을 질의하기 위해 피제소인의 연구실을 방문, 10분 정도 강의 내용에 대해 질의 응답하던 중 흥분한 피제소인이 여성의 성기에 해당하는 말로 욕설을 퍼붓고 이를 연구실에 상담을 위해 방문한 국사학과 M모 학생(여)이 발견, 수치심을 느낀 두 학생이 연구실을 탈출하고 P학생은 정신적 충격으로 병원에 일주일간 입원한 사건입니다. 또한 이 사건은 매스컴을 통해 전국적으로 보도되었으며 피해 학생이 대자보를 통해 피제소인의…"

"잠깐, 소 차장 뒤의 멘트는 윤리위원들의 결정에 왜곡된 영향을 미칠 가능성이 있으니 중단해 주세요…"
"네."

"오 교수님, 윤리위에 보고된 정보는 사실입니까? 경위를 설명해 보시죠."

오 교수는 마른 침을 삼키고 말을 시작한다.

팽팽한 긴장감으로 방 안은 곧 폭발할 것 같다.

"존경하는 진 위원장님, 그리고 위원님. 2022년 5월 3일 오후 5시 문제의 박진아 여학생이 저의 연구실을 방문한 것은 사실입니다."

"저의 한국경제사 시간에 질문한 한국전쟁의 기원과 토지개혁에 대한 질문을 하고 대답했지만 학생이 가진 선입견으로 계속 논쟁이 길어졌습니다. 그때 국사학과 민지현 학생이 제 연구실을 들어왔습니다."

"잠깐, 민지현 학생은 왜 타과인데 교수님 연구실에 왔습니까?"
진 위원장이 질문했다.

"글쎄요. 저도 그 학생은 그때 처음 봤습니다. 민지현 학생이 들어오자마자 이미 있던 박진아 학생이 비명을 지르더니 두 학생들은 모두 갑자기 문을 뛰쳐나갔습니다."

"경위는 그게 다입니다. 그런데 바로 그다음 날 목요일 사회과학대학 건물을 비롯해 교내 여덟 군데 제가 성추행을 했다고 대자보가 붙더군요."

"또한 지역 4개 신문, 중앙 3개 방송이 일제히 이 사실을 보도하고 공중파 라디오 방송의 '뉴스 팩토리'에서는 박진아 학생을 전화 인터뷰까지 하더군요."

오 교수는 마치 혼이 빠져나간 사람같이 말한다.
그의 모습은 연극 〈고도를 기다리며〉에서 길고 긴 마지막 대사를 하는 배우 같다.

앵커 칼럼

오늘의 앵커 칼럼을 시작하겠습니다.

성폭력 범죄의 경우 피해자의 수치심을 이용해서 가해자, 동조자, 방관자를 만들죠.

성추행의 '문제는 너에게 있다', '잘못은 너에게 있다'는 가해자의 주장을 피해자의 머릿속에 집어넣는 것입니다.

교수라는 권력, 그 권력에 항거할 수 없는 학생이라는 신분, 사회와 학교는 또다시 문제는 '너에게 있다고' 강요하고 있습니다.

거기다 또 신물나는 '빨갱이'라는 붉은 덧칠….

이제 한 여학생은 자기의 모든 것을 걸고 실명을 내걸고 그 권력자를 고발합니다.

마음을 다쳐온 스스로를 향해 그리고 똑같은 괴로움으로 고통당했을 또 다른 그녀들을 향해서 말합니다.

"그건 너의 잘못이 아니다."

오늘의 뉴스 앵커 칼럼이었습니다.

Episode 3

그들의 굴기(倔起)

2022

경서빈관(京西賓館)

2022년 5월, 베이징(北京)의 봄은 눈을 뜰 수 없는 지겨운 황사가 끝나가는 때다. 베이징 천안문 광장 서쪽으로 국빈관인 조어대(釣魚臺)와 군사박물관(軍事博物館) 주변에 경서빈관(京西賓館)이 있다. 호텔이라 불릴 수 있는 건물이지만 이곳에 일반인은 들어갈 수 없다.

경서빈관(京西賓館)은 중국 공산당의 주요 회의가 열리는 장소다. 매년 중국 공산당중앙위원회 전체회의(중전회)도 이곳에서 열린다.

중국의 최고 권력기관은 뭐라 해도 중국 공산당이다. 중국 공산당의 핵심은 총서기, 정치국 상무위원회, 중앙군사위원회가 포함된 중앙위원회다. 당원이 선거로 뽑힌 200명 남짓의 중앙위원과 150여 명의 중앙후보위원으로 구성된다.

1997년 쉬안(玄) 주석은 중앙후보위원 가운데서도 서열이 151위, 꼴찌였다. 그나마 쉬안 주석과 그의 아버지를 잘 본 공산당 고위 간부들이 정원을 늘려서 그 정도였다.

쉬안 주석이 집권에 10년 전 성공한 후 당내 어떤 파벌에도 속하지 않던 주석은 당중앙 정치국 상무위원회와 국무원, 전인대(전국인민대표회의) 체제로 된 시스템에서 리더십을 발휘하기 어려웠다.

이 난국을 헤쳐 가기 위해 쉬안 주석은 영도소조(領導小組)를 이용했다. 처음에 영도소조(領導小組)는 당과 행정부(국무원)를 연결하는 가교 역할만 했는데 점점 더 역할이 커지고 참여 인원도 늘어났다. 그만큼 권력도 강해졌다.

오늘 2022년 5월 20일 금요일 소집된 영도소조는 정보기술혁신 영도소조(情報技術革新 領導小組)다. 오늘은 소조 중에서도 핵심 인원만 소집되었다. 영어로 하면 TFT(Task Force Team)다.

정보기술혁신 영도소조 상임고문은 리잉창(李英常, 이영상)이다.
중국 과학원 전자공학연구소 소장이며 전자공학 특히 반도체 공학 분야에 20년 이상의 경력을 가지고 있다. 이공계로 유명한 칭화대(淸華大) 출신이고, 1980년대 미국 UCLA에서 공학박사 학위를 취득했다. 공산당원이다.

상임비서는 자오쯔리앙(趙紫良, 조자량)이다.
국무원 과학기술부 부부장 칭화대 출신이고 역시 공산당원.

소조원 1 짱쩌후(江澤湖, 강택호), 중국 국가안전부(中國 國家安全部) 6국 소속, 인민대(人民大) 국제관계학과 출신이며, 백부는 모택동과 같이 연안 대장정에 참여한 혁명 원로다. 공산당원.

소조원 2 왕민(王珉, 왕민), 신입 소조원 미국 워싱턴주 시애틀에서 태어난 화교 출신, 전 미국 실리콘밸리 차세대 반도체 벤처 VMAX를 창업했다. 32세, UC 버클리(Berkeley) 학·석사, 스탠퍼드(Stanford) 박사 출신.

중국 사정은 잘 모르지만 차세대 반도체에 대한 세계적인 논문을 게재한 벤처 사업가로 능력을 인정받아 신입 소조원으로 받아들여졌다. 스스로 미국 국적을 포기하고 3개월 전 중국 공민이 됐다.

민간위원 수주화(蘇周華, 소주화), 반도체 생산업체 칭화유니그룹(淸

華紫光) 부총경리(부사장) 칭화대 출신, 청년 시절 한국 KAIST 전자
공학과에서 박사과정을 밟고 한국 사정과 한국어에 능통하다.
민간 기업에 종사하지만 역시 공산당원이다.

회의는 오후 2시부터 시작됐다.
상임고문은 리잉창이 말한다.

"이렇게 어려운 상황에서 먼 곳에 오시게 해서 죄송합니다. 특
히 미국에서 공부하고 안락한 생활을 영위할 수 있지만 중화민
족의 자존심과 조국과 인민의 미래를 위해 중화인민공화국 공
민이 되신 왕민 박사께 감사와 존경의 뜻을 표합니다."

"왕 박사! 일어나 주시기 바랍니다."

왕민은 어색하게 의자에서 일어나 인사를 한다.
다른 소조원들은 박수를 치며 서로를 바라보고 웃는다.

"감사합니다. 왕민입니다. 저는 미국에서 태어나 자랐기 때문
에 모국어에 서투릅니다. 때때로 보통화(普通話)를 말하지 못하고
한자를 읽거나 쓰지 못하는 경우도 많습니다."

왕 박사의 중국어의 발음이 아주 어색하다.

소조원들은 더 큰 박수를 치며 괜찮다는 표시로 엄지손가락을 내민다.

상임비서 자오쯔리앙은 손을 내밀며 말한다.

"세계적인 차세대 반도체 기술자 왕민 박사가 합류하니 우리 조국과 공산당 그리고 우리 소조의 앞날도 밝으리라 짐작됩니다."

"이제 2022년 1/4분기 우리 사업 결과를 분석하고 전략을 다듬어 보도록 하겠습니다."

반도체 굴기^(半導體 倔起)

민간위원 수주화^(蘇周華)가 보고한다.

"지난 2018년 우리 중국은 당중앙의 영도와 신시대 중국 특색 사회주의^(新時代 中國 特色 社會主義)를 완성하기 위해 2025년까지 1조 위안의 자본을 반도체 기술발전에 투자하기로 결정하고 4년이 지난 지금 65%의 투자를 마친 바 있습니다."

"한국^(남조선)과의 기술 격차가 이 '반도체 굴기 전략'이 시작되던 시점에 약 5년이었으나 지금은 1년 안으로 줄어든 것으로 파악하고 있습니다.

"이는 5년 전의 LCD 시장과 비슷하고 '전자산업의 쌀'이라 불리는 반도체 시장에서도 우리 중국이 완전 석권할 날이 멀지 않았습니다."

"우리 칭화유니그룹(淸華紫光)도 난징공장에 200억 위안, 우한 공장에 170억 위안을 투자했습니다. 기술적인 측면에서 미국의 '스프레드트럼' 사를 인수하고, 'RDA' 사를 각각 인수했습니다. 2018년부터 미국의 인텔과도 기술교류를 하고 있습니다."

"3D 크로스포인트, M RAM, P RAM, Re RAM 같은 차세대 반도체 기술은 4차 산업혁명 시대 자율주행차, 가상현실에서 필수적 기술이고 우리 중국은 이미 기술적 측면에서 한국, 일본 을 넘어섰습니다."

"특히 2018년 3D 크로스포인트 기술의 치명적인 문제점을 극복하고 만족할 만한 구동속도를 가능하게 한 왕민 박사가 여기 조국의 품으로 돌아온 것이 우리 승리의 핵심이자 원동력이 되었습니다."

"세계 반도체 시장은 2019년 세계적으로 676억 달러였고 올해까지 매년 17.3%의 성장을 하고 있습니다. D램에서는 한국과 1년의 기술 격차가 있고 낸드플래시, 파운드리, 팹리스 모두 우리 중국이 우세합니다."

"물량적인 측면, 기초기술에서는 이미 우리 중국이 한국을 2020년에 뛰어넘었지만 공정기술에서는 아직 극복하지 못한 점이 있습니다. 공정에서 수율(收率)은 아직 일정 수준 이상을 확보하고 있지 못합니다. 그래서 불량률이 생각보다 높습니다. 이 점은 한국을 따라잡기 어려운 상황입니다."

"빨리 그리고 완벽하게 한국을 제압하기 위해서는 공정에서 오랜 경험을 가진 한국 기술자를 비밀리에 영입해야 합니다."

가오리빵즈^(高麗棒子)*

"남조선이란 나라는 참 묘하오."

짱쩌후^(江澤湖) 중국 국가안전부^(中国 国家安全部) 6국 소속 소조원이 조용히 입을 뗐다. 국가안전부 안에서 소속도 하는 일도 알 수 없었지만 그의 말은 항상 단호했고 또 대부분 예측이 현실로 되었다. 그래서 그를 영도소조 안에서 무시할 수 있는 사람은 없다.

"2019년 우리의 중국 '제조 2025 계획'의 반도체 제조 분야가 미국으로부터 집요한 견제를 받고 기술유출 혐의로 계획 달성이 여러 측면에서 어려운 시기에 다행히도 한국이 알아서 무너져 줬지."

---

* 가오리빵즈: 중국인이 한국인들을 비하할 때 쓰는 말.

왕민(王珉) 박사가 묻는다.

"아니? 한국이 어떻게 스스로 무너졌나요?"

이공계 박사라서 세상물정은 잘 모르는 것 같았다.

상임고문인 리잉창(李英常)이 대답한다.

"반도체 분야의 한국 최고기업은 '삼한전자' 였는데 국내 사정으로 지금은 경쟁력이 완전히 사라졌지. 문제는 집권층 한국 정치인들은 대기업과 자본주의를 지독히도 싫어했던 것 같아."

짱쩌후는 찻잔을 테이블에 내려놓으며 비웃듯이 대답한다.

"그래서 우리 중국에는 참 좋은 일이지… 아주! 좋아 흔하오(很好)."

"'삼한전자' 를 세운 사람은 지금 구속 중인 정민영 부회장의 할아버지지. 그의 아버지 정준성이 갑자기 쓰러지자 그룹 계열사 사이의 지분정리와 연결고리가 애매하게 됐지."

"한국은 주식일 경우 상속세율이 65%나 되기 때문에 한 세대가 내려가면 경영권 방어가 어려운 웃기는 경제 시스템을 아직도 유지하고 있지… 참 미련한 족속들이야!"

왕민 박사가 묻는다.

"그럼, 우리 중국은 몇 퍼센트인가요?"

짱쩌후는 대답한다.

"0퍼센트지."

방 안에 있는 소조원들이 소리를 낮추고 웃는다.

정민영은 다른 계열사의 인수합병을 통해 '삼한전자'를 지키려고도 했고 정치권에 로비를 해 보기도 했는데, 2016년에 구속당했고, 2019년 말에도 두 번째 구속을 당해서 지금도 수감 중이다. 추징금과 벌금으로 가진 지분이 거의 날아가서, 이젠 그룹에서 퇴출된 상태다.

'삼한전자'는 미국계 사모펀드가 인수하려고도 했지만 한국^(남조선) 정부가 국민연금을 통해 선출된 전문 경영인이 그럭저럭 꾸려가다가 지난달 그 전문 경영인이란 작자도 노조로부터 배임행위로 고발을 당해 그도 구속 수감 중이다.

한마디로 '삼한전자'는 위정자들의 난도질에 완전히 망가져 버렸다.

한국의 정치권은 대기업에 적대적이어야 표를 받을 수 있고 '배고픈 건 참아도 배 아픈 건 못 참는' 한국^(남조선) 국민들도 재벌에 감정이 좋지 않다.

한때 세계적인 기술을 가져 존경을 받았던 '삼한전자'지만 막상 자기 나라에선 범죄집단 취급을 받는다.

"한국에서 오래 살아본 수주화(蘇周華) 박사는 어떻게 생각하나?"

리잉창 상임고문이 묻는다.
수주화 박사는 대답한다.

"지금 한국(남조선)은 우리 중화인민공화국보다 더 사회주의적이지요… 한국(남조선)은 지금 우리 중국이 1960년대 겪은 문화대혁명을 겪고 있다고 하면 이해가 가실 겁니다."

"당정(黨政)을 장학한 자생적 사회주의자들은 기업을 싫어하지요. 이미 '삼한전자'는 종이호랑이가 돼 버렸고 주력 상품은 모두 우리 중국과 일본에 빼앗긴 상태입니다. 차세대 반도체는 우리 중국에 '인공지능 로봇'과 '자율주행차'는 일본에 빼앗긴 상태죠."

"맞아요! 미래 자동차인 무인자동차, 전기자동차 시장도 모두 유럽과 우리 중국이 점령한 상태이기 때문에 한국은 먹고살 길이 막막하죠. '삼한전자'와 비슷한 '고려자동차'도 한국 국내, 중국, 유럽 공장은 문을 닫아야 할 지경이죠."

자오쯔리앙^(趙紫良) 상임비서가 묻는다.
"우리가 이해가 되지 않는 점이야! 수 박사 한국 정부와 정치인들은 왜 자기 나라 경제를 망가뜨리지 못해서 안달이지? 설명할 수 있나?"

수주화 박사는 대답한다.
"저는 그것을 이념이라기보다 역사와 문화라고 생각합니다."
"역사와 문화?"
자오쯔리앙 상임비서가 다시 묻는다.

"한국은 1910년 일본에 식민지가 되기 전에 조선^(朝鮮)이란 나라였습니다."
"그렇지 우리 중국이 명^(明), 청^(淸)기에 그들은 조선이었지."

"조선은 유학 중에도 가장 이념적이고 추상적인 '주자 성리학^(朱子 性理學)'을 국가 이념으로 삼았습니다. 17세기 이후 대^(大)항해 시대와 산업혁명 시대가 돼서 옛날 성리학으론 해석할 수 없는 세계가 펼쳐지지만 조선은 성리학의 이념을 20세기까지 신주단지같이 모시고 갔습니다."

"유교의 '천하위공(天下爲公)의 사상' 즉 하늘 아래 한 집은 사사로운 소유물이 아니라는 사상과 사농공상(士農工商)의 고정관념이 상업과 공업의 발달을 억눌러 왔습니다."

　"이런 고정관념과 강고한 반상(班常)의 신분질서가 깨진 것은 6.25 조선전쟁이었고, 이 전쟁이 조선 민족에게는 위장된 축복이라고 볼 수 있습니다. 적어도 남조선에게는…."

　"상공인과 이공계를 보호하던 박정희 정권이 암살로 허무하게 끝나자 그 후 계속된 소위 문민정부에서는 고질적인 유교선비 습관과 사농공상의 사상이 좀비같이 다시 나타났습니다."

　"예를 들어 세계적으로 말도 안 되는 상속세 65%는 모두 이런 조선인들의 고루한 습관과 성리학적 사상에서 나온 것입니다. 조선인들이 생각을 바꾸지 않는 한 지금의 궁핍한 경제에서 벗어날 수 없습니다."

　"한국 정치인들도 사농공상의 고정관념이 깊게 박혀서 경제보다 명분, 개인보다 집단을 우선시하는데 우리같이 맑스·레닌주의를 과학적으로 학습한 공산당원들이 봐도 지금 한국의 위정자들은 좀 이상합니다."
　"우리 중국으로서는 고마운 일이지."

"특히 지금 최고 권력자 측근들에도 우리의 '신시대 중국 특색 사회주의(新時代 中國 特色 社會主義)'에 동조하는 사람들도 많습니다."

"한국식 사회주의 만세! '함께사회당' 만세!'

자오쯔리앙 상임비서가 비아냥거리며 박수를 치며 웃는다. 소조원 모두가 전인대(전국인민대표대회)같이 박수를 치며 웃는다.

"한국(남조선) 지식인 중에는 우리 신시대 중국 특색 사회주의를 열심히 전도하고 다니는 학자·교수들도 있습니다."
수주화 박사가 마른침을 삼키며 말을 잇는다.

"그중에 미국에서 공부한 황명국이란 교수가 대중적으로도 유명하죠."
"아! 그 TV에 자주 나온다는 박사 말입니까?"
짱쩌후가 상황을 다 알고 있다는 미소를 지으며 대답한다.

"그는 자본이 제일 더러운 나라가 미국이고, 인권이 제일 낮은 나라가 미국이고, 여행 가기 제일 어려운 나라가 미국이라고 여러 강연에서 말했지요. 우리는 그의 강의 내용을 다 알고 있습니다."
짱쩌후는 의미심장한 미소를 지으며 말한다.

"우리가 크게 도와주지 않아도 자발적으로 우리 중화인민공화국을 찬양하고 다니는데 감사할 따름이지… 철학을 전공한 황 박사가 우리 체제를 깊이 연구한 것 같진 않고 그저 한국(남조선) 청년 세대가 미국을 싫어하니까 매스컴에서 거기에 맞춰 주기 위해 그러는 것 같은데… 한국(남조선) 매스컴도 반미, 반일, 반재벌 해야 먹고살 수 있는 구조고… 아무튼 중국으로서는 고마울 따름이지…"

"그건 그렇고!"
자오쯔리앙 상임비서가 말을 잇는다.

"마지막 건은 당중앙에서 검토하고 우리 소조에서 세부 안을 마련하라고 지시받은 내용입니다."
자오쯔리앙 상임비서가 소조원 전체를 둘러보면서 천천히 말한다.

"이번에 아주 '삼한전자'를 인수합병(M&A)하는 것이 어떤지 검토해 주기 바랍니다. 자, 지금부터 토론하죠… 돌아가면서 발언해 보죠."
리잉창 상임고문이 입을 뗀다.

"이번 기회에 '삼한전자'를 완전히 우리 중국이 인수한다는 당중앙의 결정은 탁월하고 시의적절합니다. 하지만 두 가지 점이 마음에 걸리는데. 첫째 미국입니다."

"왜죠?"

왕민 박사가 묻는다.

"2019년부터 우리의 중국 '제조 2025 계획'은 반도체 제조 분야에서 미국의 집요한 견제를 받고 있고 기술유출 혐의로 미국에서 40여 명이 구속 수감 중에 있지. 미국은 4차 산업 혁명기에 중요 핵심 부품인 반도체를 우리 중국이 과도하게 점유하는 것을 두려워하지. 그래서 한국 정부에 압력을 넣을 가능성도 크다고 볼 수 있어. 한국(남조선)도 전략물자인 반도체 생산 기업의 필요 이상의 외국인 지분에 대해 규제하는 법률이 있는 것으로 아는데? 짱쩌후 선생?"

"미국이 압력을 넣을 경우 여러 가지 난관이 예상됩니다. 하나 다행인 것은 한국(남조선) 집권층이 워낙 미래 산업이나 경제개념 없는 이념분자들이기 때문에 남조선 정치 공작은 큰 문제없을 겁니다. 언론은 얼치기 사회주의 정치인들이 다 알아서 처리해 줄 거고… 미국이 압력을 넣는다면 한국인(남조선인)들이 열광하는 반미(反美)주의만 자극하면 될 것 같은데…."

"한국인(남조선인)들이 미국을 그렇게 싫어하나요?"

왕민 박사가 묻는다.

"어찌 보면 한국인(남조선인)들은 미국의 일방적인 혜택을 받았다고 할 수 있지, 사회주의 중국에서 봐도 그렇게 보여, 그런데 지금 한국인(남조선인)들의 미국에 대한 태도를 봐, 그래서 그들은 믿을 수 없는 종족이야. 일본인들이 미국에 대하는 태도와 비교해 봐도 알 수 있어, 꼭 도움을 준 사람 등에다 칼을 꽂는다고 그래서 우리 중국에서는 그들을 가오리빵즈(高麗棒子, 고려봉자)라고 부르지."

"재미있는 점은 자기들끼리도 서로 믿지 못하고 배신을 밥 먹듯이 한다는 점이지. 상종하지 못할 족속들이야. 한국인들은 늘 주의해야 한다고."

수주화 칭화유니그룹(清華紫光) 부총경리가 대답한다.
그는 20년 전 한국에서 6년을 살며 박사과정을 밟았기 때문에 한국인들의 생각과 행동을 잘 알고 있다.

상임비서 자오쯔리앙이 리잉창 상임고문에게 묻는다.
"두 번째 마음에 걸리시는 점은 무엇입니까?"

"아무리 영혼 없는 정치인들이 통치하는 한국(남조선)이지만 그래도 저항 세력은 있을 수 있어 한국(남조선)은 늘 뒤끝이 좋지 않지 우리 중국에게는…."

리잉창 상임고문은 담배를 꺼내면서 말을 잇는다.

"'삼한전자'의 현재 대주주 지분구조는 어떻게 되나?"

리잉창 상임고문은 국가안전부 쨩쩌후에게 묻는다.

"2022년 5월 초 '삼한전자'의 현재 주식가치는 2,500억 달러 정도로 추정됩니다. 외국인 지분은 55% 정도로 파악되고 미국, 호주 사모펀드가 영향력을 발휘할 수 있으나 지금까지는 정준성 회장, 정민영 부회장 일가에 우호적입니다."

"단 정 부회장이 두 번째로 수감되면서 이들의 생각도 달라지고 있습니다. '삼한전자'에서 정준성 회장의 지분은 4%, 정민영 부회장이 지배 가능한 삼한건설이 4%, 대한민국 정부 국민연금이 3%입니다."

"승계 과정에서 다른 계열사 지분에 법적 문제가 있는 것으로 판결나고 정민영 부회장이 수감된 관계로 삼한건설의 4%는 의결권을 행사하기 어려운 상황입니다."

"더더구나 천문학적인 벌금, 추징금 그리고 상속세를 감안할

때 정민영 부회장은 이제 삼한그룹에서 영향력을 행사하기 쉽지 않습니다."

"우리 중국에서는 미국계 사모펀드와 합작으로 '삼한전자'의 경영권을 확보하려 하고 있습니다. 현재 사내 이사 5명과 사외이사 6명에서 사내 3 이상 과반 이상을 확보하려는 전략을 준비 중입니다."

상임비서는 자오쯔리앙이 묻는다.
"잠깐! 한국 정부야 멍청해서 우리말을 잘 듣지만 미국은 호락호락하지 않을 텐데?"

짱쩌후가 대답한다.
"한국 정부는 국민연금 의결권을 쥐고 있으니까 우리는 한국 수뇌부만 잘 구슬리면 되는데 미국은 좀 복잡하고 국제적인 전략이 필요합니다."

"당중앙에서는 일대일로(一帶一路) 전략 국가 중 '키르기스탄', '카자흐스탄', '타지키스탄', '벨라루스' 중 한 나라의 협력관계를 약화시켜 군사동맹까지 가지 않는 선에서 미국과 타협을 보고 반대급부로 '삼한전자'의 경영권을 확보하는 전략을 구사할 겁니다. 미국 측도 이미 드러내 놓고 친중(親中) 노선을 걸고 평화협정 체결 뒤 군대(미군)를 빨리 철수시켜 달라고 매일 데모하는 무례한 한국보다는 일대일로의 영향력이 유럽까지 퍼지는 것을 막는 편이 더 합리적이고 유리하리라 판단할 겁니다."

리잉창 상임고문은 한숨을 쉬면서 내뱉는다.
"그래, 그들은 은혜도 신의도 모르나…."

4월을 위하여

2022

연경(燕京)에서

중국 베이징 산리툰(三里屯)의 밤은 늘 이국적인 카페의 불빛으로 화려하다.

방금 서우두국제공항(北京首都国际机场)에서 내린 윤 전 의원은 호텔에 짐을 풀자마자 산리툰(三里屯)에 있는 고급식당 밍(明)에 도착했다.

이국적인 건물 안으로 들어서자 바로 낯익은 웨이터에게 묻는다.

"老板 到了吗?(사장님 도착하셨나?)"

머리를 빡빡 밀고 기골이 장대한 종업원은 공손히 안으로 손을 내민다.

"是的 他在特实.^(네 특실에 계십니다.)"

미로같이 좁은 복도를 돌아가다 끝 방에 이른다.

 문을 열자 호리호리하고 눈이 매서운 40대 남자와 비서같이
보이는 30대 초반 남자가 앉아 있고, 그 옆 체구는 작지만 매력
적인 중국 여자도 보인다.

"出去一下好嘛^(잠깐 나가 있어요.)"

 방 안 중앙에 보이는 남자가 여자에게 손짓을 한다.
 권위적이지만 불손하진 않고 단호하다.
 테이블에는 중국 백주와 아일랜드제 고급 Jameson 위스키가
보인다.

 "아이쿠, 윤 의원님 다시 보게 돼서 반갑습네다."
 "리 참사도 건강하시지요? 평양에 가족들은 어떻습니까?"
 "저도 우리 공화국도 잘 나가고 있지요… 하하하."

옆에 있는 30대 비서는 이번에 처음 본다.

그도 긴장을 풀지 못하는 모습이다.

리 참사의 노동당에서 위치로 보아 비서로 보이는 청년의 품 속에는 권총이 있을 것이다.

"이리와 앉으시오."

리 참사가 윤태영 전 의원에게 손짓했다.

"이번에 대통령 만드시느라 얼마나 고생이 많으셨습니까?"

"한잔 받으십시오."

리 참사는 위스키 잔에 가득 따라 준다.

"2018년 지방선거, 2020년 21대 국회의원 선거, 또 이번 20대 대통령 선거 참 어려웠습니다."

윤태영 전 의원은 짐짓 고개를 숙이며 인사를 건넨다.

"우리 민족 간에 자주적인 통일을 이루어야 한다는 것이 우리 지도자 동지의 원대하신 뜻입니다."

"그러고 보니 우리 윤 의원이 얼마나 조국 통일 사업을 위해 애써 오셨소? 남조선에서는 빨갱이란 소리도 들어가면서…."

윤태영 전 의원은 겸손히 이 참사에게 고개를 숙이면서 잔을 건넨다.

문득 국회의원 재선 선거에 실패하고 북경에 객원 연구원으로 나왔을 때가 머릿속에 스친다.

화려한 시절

윤 태영 전 의원은 서울에 있는 M대 법과대학을 다녔고 사법고시 출신이다. 연수원 성적은 좋지 않아 판검사 관직에 나가지 못하고 곧바로 변호사 개업을 했다.

학벌도 썩 좋지 않고 법조 인맥도 약한 초짜 변호사가 변호사 수임이 제대로 될 리 없었다. 생활비 벌기도 어려웠다. 돌파구를 찾기 위해 윤 전 의원은 법조 업무보다는 '통변(통일 한반도를 위한 변호사 모임)' 활동에 더 열심이었다.

윤 전 의원은 대학 학번으로 치면 이미 군사독재의 탄압이 끝난 90년대 학번이다. 하지만 대학 시절 이념 동아리에 열성적으로 참여했다. '맑스 레닌'도 제대로 학습하지 않고 바로 '주체 사상'으로 건너뛴 사회과학 이론은 약한 세대다.

자연히 통일 운동이나 시민단체에 대학 선후배들이 많았다. 이 인맥 덕에 윤 변호사는 빨리 '통변'의 부회장과 대변인이 될 수 있었다.

외모나 언변 그리고 안보나 남북 관계 이슈를 잘 잡는 능력으로 언론의 주목을 받고 TV 인터뷰도 많아졌다.

법원보다 여의도나 상암동, 광화문 방송가에서 보내는 시간이 더 많았다. 훤칠한 키에 비주얼도 좋아 인터넷 팬 카페까지 생길 정도였다.

그러다 '함께사회당' 지도부 눈에 띄어서 깃발만 들면 당선되는 서울 남악구에 공천을 받아 2012년 초선 의원이 되었다. 당시는 야당이었기 때문에 처음 하는 의정 활동은 쉽지 않았다. 당명도 두 번이나 바뀌고 계파 간 갈등도 심했다.

이런 혼란 속에서 2016년 경선 과정에 비상대책위원장을 등에 업은 여자 비례대표 의원에게 지역구 경선에서 밀려 졸지에 낙천하게 됐다.

하지만 국내에서 계속 낙심만 할 수 없어서 윤 전 의원은 통일 문제를 깊이 연구하기 위해 북경대학교와 중국 사회과학원 연구원으로 신청했고 관례상 쉽게 수락되었다. 의원 시절 의원 외교를 명분으로 중국 공산당 주요 인사들과 꽌시(关系)를 잘 맺어 뒀기 때문이다. 그 북경대학에서 지금 눈앞에 있는 리창민 참사를 만났다.

리창민 참사는 항일 빨치산 시절 주석을 호위하던 리석원 인민무력부장의 장손자다. 리석원은 1996년 세상을 떠나 평양시 대성구역 혁명렬사릉에 안장돼 있다.

리석원의 외아들은 리한석이고 평생 대남공작 사업만 했다. 그는 주로 구라파와 동구권에서 외교관의 신분으로 활동했는데 남한에서는 정보기관 외에는 잘 알려져 있는 인물은 아니었다. 이 가문은 3대에 이르는 당중앙의 신임을 두텁게 받아 왔다.

리창민 참사는 조선에서 소위 '백두산 줄기'이고 그래선지 알 수 없는 귀족의 품위가 묻어 나온다. 경남 지방 도시에서 태어나 중학교 교장 아들인 윤 의원으로서는 때때로 거리감이 느껴질 정도다.

리 참사는 만경대 혁명학원에서 중고등 과정을 다니고 아버지의 조언으로 북한 최고의 김일성 종합대학교 컴퓨터학부를 나왔다. 한국으로 치면 컴퓨터공학을 공부한 셈이다. 그 후 영어로만 강의하는 '평양과학기술대학'에서 경영학을 배웠다.

리 참사는 우선 돈 씀씀이부터 다른 북한 외교관과 달랐다. 호텔이나 식당에서 중국인 종업원들에게 팁을 주는데 그 액수는 윤 의원이 봐도 놀랄 액수였다.

북경 사회과학원 세미나장에서 우연히 만난 리 참사에게 윤 의원은 처음에는 거부감을 가졌다. 오랜 시절 반공교육과 공직자로서 경계심을 갖고 그의 행동을 바라본 것도 사실이었다. 하지만 리창민 참사는 결코 정치나 국제 정세에 대해 처음 3년 동안 한마디도 하지 않았다.

그들이 만나면 주로 골프, 스키, 볼링 같은 스포츠 이야기나 중국 역사, 중국 문화에 관한 이야기만 했다. 리 참사는 중국어에도 능통했고 공식 식사 모임에서 당송 팔대가(唐宋 八大家)의 시문(詩文)을 인용해 중국 사람들의 찬사를 받았다.

중국이란 거대한 바다에 준비 없이 던져진 물고기 같은 윤 의원에게 그는 형님 같은 역할을 하면서 중국 정치, 경제 각 분야의 주요 인물과 꽌시를 넓히는데 결정적인 도움을 주었다.

그렇다고 해서 그가 미주알고주알 아무 때나 나서는 것이 아

니었다. 틈을 봐서 결정적인 순간에 나타나 정말 모든 헌신을
다하고 사라졌다.

"우리 윤 의원, 이번 건은 내가 인간적으로 돕습네다. 하나 내
가 너무 노출되면 호상 좋을 것 없습니다. 남조선 보수 언론
기자들이 알면 또 빨갱이란 소리도 들을 수 있어…"

이런 배려까지 하면서 윤 의원을 사나이 우정으로 돕는 것 같
았다.

그와의 관계가 2016년에 크게 문제가 된 적이 있었다. 기밀유
출 혐의로 서울에 있는 윤 의원의 집이 압수수색당하고 핸드폰
까지 압수당한 적이 있었지만 국정원에서도 범법 사실을 밝혀
낼 수 없었다. 수사 중에 그저 국가보안법 위반이 될 가능성 있
다는 사실만 통보받았다. 이미 리 참사를 접촉한다는 것을 국
정원에 통보했기 때문이다.

그러는 사이 이젠 가족들끼리도 알게 돼서 내몽골 자치구
승마여행, 남방 하이난(海南)에 골프여행까지 같이 가는 사이가
됐다.

그동안 2016년부터 2017년까지 윤 의원과 리 참사의 비공식

적인 핫라인은 오히려 공식 외교 라인이나 국정원 라인보다 더 값진 정보를 갖다 줬다.

리 참사는 직급은 대사관에서 높다고 볼 수 없지만 혁명렬사 자녀이기 때문에 당중앙과 통할 수 있는 라인이 있는 것 같았다. 쉽게 볼 수 있는 상대가 아니다. ^(김일성 - 김정일) 배지를 항상 다는 북한 외교관들과 달리 리 참사 가족은 때때로 배지를 떼고도 나타났다. 이들이 사실 북한 권력의 핵심이라는 것을 의미하기도 한다.

가끔 툭툭 던져 주는 정보가 각종 회담에서 결정적인 역할을 한 적이 많았다. 그래서 윗선에서도 비공식 라인으로 인정하고 국정원도 리 참사와 관계에 최근에는 토를 달지 않는다.

윤 의원은 2020년 총선에서 공천을 포기하고 차라리 대선조직에 들어가는 것을 선택했다. 당에서도 대북 라인을 더 공고히 하는 것이 의정 활동보다 중요하다고 판단했고 윤 의원도 '돈 먹는 하마' 같은 지역구 관리에 염증을 느끼기 시작했기 때문이다.

"2018년 조미 수뇌회담 그리고 남조선 지방선거, 2020년 지도자 동지 서울 답방과 종전선언, 그리고 남조선 국회의원 선거,

미국 대통령 선거, 2021년 3자 수뇌회담과 미국·평양 연락사무소 개설과 평화협정, 그리고 남조선 대통령 선거! 남조선과 미국 정치 일정 고비고비마다 한반도 평화의 력사적 대(大)사변이 정말 참 우연히 일어났지!"

리창민 참사는 위스키 잔을 높이 들고 만족하는 표정을 지으며 웃었다. 윤 의원도 같이 허공에 잔을 높이 들었다.

"남조선에서는 2004년 대통령 탄핵에 대한 역풍으로 당시 한나라당을 꺾고 국회의원 된 사람들을 '탄돌이'라고 하지 않소?"

"네, 그렇지요."
윤 의원은 좀 떨떠름한 표정으로 맞장구를 쳤다.

"그렇다면 남조선 국회의원, 시도지사, 시장 그리고 대통령까지 모두 당중앙 동지의 후광으로 정치한다고도 할 수도 있으니 말하자면 '은돌이'나 '북돌이'들 아니갔소! 북돌이! 은돌이!"

No Such a Free Lunch^(공짜 점심은 없다)

"그런데 윤 의원."

평소와 같지 않게 혼자 떠들던 리 참사가 테이블로 돌아가면서 윤 의원을 부른다.

"우리가 무슨 공치사를 하자는 건 아닌데, 우리 당에서 볼 때 남조선 국회의원 중에 정치를 고만했으면 하는 사람들도 있소."

"네?"

"다음 번 공천에서는 싹!"

리 참사는 손으로 목을 자르는 시늉을 한다. 리 참사는 테이블 밑에 둔 서류가방에서 녹색 봉투를 꺼낸다.

"윤 의원이 이 내용을 '함께사회당' 대표에게 전달해 주면 좋겠소. '함께사회당'은 우리 조선노동당의 어찌 보면 우당(友黨) 아니겠소? 그러니 북남이 호상 협력해서 조선 반도 정치판도 좀 깨끗하게 하자는 뜻이니 내정간섭 같은 오해는 하지 마시오. 그저 우리가 가진 정보를 당 대표도 아시는지 알아보려고…."

리 참사는 잇몸을 드러내 보이며 웃는다.

"아! 권 동무는 좀 자리를 피하시오…."
리 참사는 30대 직원에게 손짓한다.

"윤 의원 긴장하지 마시오. 그저 우리 우당(友黨) 동무들의 애정 어린 의견이라고 생각하면 일 없소."

리 참사는 봉투에서 몇 장의 A4용지를 꺼낸다.
거기에는 지역구와 현재 의원의 이름이 적혀 있다.
결국 이 페이퍼는 북한에서 만든 의원 블랙리스트다.

"첫 번째 우리가 파악한 의원은… 바로 경기도 권산시의 정기택 의원이오."
"아니, 정기택 의원은 인권 변호사 출신으로 늘 사회적 약자를 돌보시는 것으로 당내에서도 유명한데요. 벌써 같은 지역에서 3선을 하고…."

"아니? 모르오?"

"뭘 모른다는 겁니까?"

"정 의원은 천안시에 따로 살림 냈다는 사실 모르오? 지난해 의원실 비서로 알게 된 여자인데 나이 차이가 스무 살은 되는 것 같소. 천안에다 오피스텔 하나 얻고 일주일에 세네 번 아주 신혼 재미를 내던데…."

아니, 한국 경찰도 소속 당에서도 모르는 사실을 어떻게 이 북경에서 북측 외교관으로부터 들어야 하나. 윤 의원은 머릿속이 복잡해졌다.

"다음 우리가 파악한 의원은… 서울 주성만 의원이오."

"주 의원은 또 왜 그렇습니까?"

"주 의원은 올해 초 지역구 행사에서 우리 당중앙과 공화국에 모욕적인 언사를 했소."

"구체적으로 어떤 발언입니까?"

"2017년 말레이 공항에서 죽은 김정남이를 들먹이면서 우리

지도자 동지의 성격이 광폭해서 예측이 어려운 사람이라는 둥, 2013년 죽은 장성택이를 예로 들면서 우리 지도자를 깎아 내리는 둥 정말 입에 담을 수 없는 말들을 내뱉었는데 당신 당에서는 잘 모르오?"

"'함께사회당'에 다 이런 인간 말종들만 있는 것은 아니오. 예를 들어 서울의 박민주 의원이나 광주의 채동화 의원 같은 사람은 높이 살만 하오."

"우리 당중앙을 공식석상에서 늘 높이고 예의를 갖추는 모습이 인상적이었소."

"정전협정, 평화협정도 다 맺었고 이제 올해 유엔사가 해체되고 북남 모두가 늘 고대하던 미군 철수도 눈앞에 있는데 '함께사회당'이 누구와 함께하고 정치 잘 할지 고민해 보기 바라오."

윤 의원은 당황해서 물었다.
"아까 리스트에 있는 여섯 명 의원은 어떻게 하길 바랍니까?"

리 참사는 엷은 미소를 띠며 대답한다.
"다음 공천에서 배제하면 좋겠다는 것이 우리의 충심어린 조

언이오! 그리고 그중 두 지역구는 아예 후보를 내지 않는 것이
어떻겠소?"

"그 두 지역구는 '자주진보통일당'에 양보하는 것이 어떻겠
소? 오랜 시간 바깥에 두고 불쌍하지도 않소?"

생애 첫 데모

2022

기회는 평등하게

"하 국장님, 내일 꼭 나오셔야 합니다."

오경만 노조 위원장의 목소리가 수화기 넘어서 다급하다.

"알았다. 오 위원장 꼭 참석하도록 할게."

"그리고 하 국장님, 우리 기재부 OB분들 연락해 주셔서 다 참석할 수 있도록 바랍니다. 「공무원 연금 정책 개악 저지투쟁」에 전·현직 식구들 모두 참여하셔야 합니다."

"경제가 안 좋다지만 이미 퇴직한 선배들 연금까지 손을 대면 우짭니까? 내일 꼭 오셔서 한 목소리 내 주시기 바랍니다."

"그래, 알았어. 걱정하지 말게."

하만호 기획재정부 전 미래정책국장은 핸드폰을 끊는다.

재직 시절, 밑에서 까마득히 보이지 않던 친구가 이젠 스스럼 없이 바로 전화를 거니 답답해진다.

하만호 전 국장은 서울에서 태어나 국립 S대 법대 행정학과 출신이다. 대학 4학년 때 행정고시 재경직에 붙어 3년 전 갑자기 퇴직할 때까지 근 30년 공직에 있었다.

행정고시에서도 소수 정예 재경직 출신, 그는 부처에서도 엘리트 코스를 밟아 동기 중에서도 선두로 과장, 국장으로 승진했다.

1990년대 국비로 영국에 유학, 경제학 박사를 따고 영국식 영어로 외국인과 유창하게 대화도 가능하다.

공무원 사회 정점에 올라가 적어도 차관까지 가나 했지만 정말 우습게 나락으로 떨어졌다. 바로 최강호 장관과의 관계 때문이었다.

평소 그의 일처리 능력을 눈여겨본 최강호 장관.
2015년 최 장관이 밀어줘서 빨리 국장 자리에 안착할 수 있었다. 하지만 2017년 최 장관이 '적폐의 핵심'으로 낙인찍혀 구속되고 부처 내 설치된 '적폐청산위원회'는 곧바로 하 국장을 정

조준했다.

하 국장은 정치와 무관하게 살아왔다. 공무원으로 무탈하게 정년퇴직하는 것을 목표로 정권 바뀔 때마다 아슬아슬하게 줄을 타며 지탱해 온 게 사실이다.

실무적으로도 부처 개혁 업무를 맡길 수 있는 사람은 많지 않은데 적폐청산위원회는 매몰차게 하 국장의 사표를 받아냈다.

5년 전 아내가 그렇게도 보고 싶어 해서 공식 해외 출장 중 딸이 유학하던 독일에 간 것이 화근이 됐다.

해외 출장을 아내와 같이 가고 출장비 일부도 딸이 살던 독일 베를린에서 사용한 것이 적발돼 27년 공직 생활이 우습게 끝났다.

대학 시절, 거의 강의 시간에 보지 못했던 정치권 대학 동기, 후배들에게 하소연해도 구제는 되지 않았다.

언론에 보도되지 않아 큰 망신당하지 않은 것만 다행으로 여겨야 했다.

갑작스런 퇴직은 겉으로 그럴듯해 보였지만 최강호 장관과
친한 것 단지 그 이유다.

하 국장은 다시 거울을 본다.
2022년… 내 평생 처음 데모한다.
터무니없는 공무원 연금 개혁을 반대하는 데모.

거울 속 얼굴은 자신감 없는 중늙은이다.
몇 년 새, 나이만 두 배로 먹었다.
가슴속이 답답해진다.
속도 좀 메스꺼워진다.

과정은 공정하게

고려그룹 씽크탱크 '글로벌경제연구원' 경제분석실은 매달 첫 번째 월요일 월례회의로 분주하다. 이날은 그룹 주요 임원들이 거시경제를 분석하고 토론하는 날이다.

그룹 오너 홍 회장님은 베트남 출장 중이고 장녀 홍미란 부회장이 입을 뗀다.

"2022년 5월 정례회의 시작하겠습니다. 경제분석실 엄윤식 상무가 거시현황 브리핑해 주죠."

홍 회장의 맏딸인 홍미란 부회장은 미국 펜실베니아주립대학에서 국제재무관리 전공으로 MBA와 박사를 하고 40대 초반 나이지만 그룹 대소사에 손대지 않는 분야가 없다.

이른 아침에 풀 메이크업, 빈틈없어 보인다.

살아오면서 늘 갑(甲)인 작자들의 거만함, 터무니없는 자신감
이 부담스럽다.

엄 상무가 노트북을 열고 프로젝터로 최신 자료를 비친다.

"지난달 경제 상황은 현 정부가 들어선 이후 최악의 결과를
나타내고 있습니다."

"한국경제를 이끌어 왔던 '삼한그룹'이 정부의 의도대로 3개
로 쪼개져 해체 수순을 밟으면서 지난 3월부터 삼한그룹 주력
사업들이 국제시장에서 경쟁력을 상실하고 있습니다."

"아시다시피 삼한그룹 정준성 회장은 오랜 투병 끝에 지난
해 사망했고 정민영 부회장은 작년 주가조작, 허위공시 혐의로
두 번째 수감 중입니다."

"삼한그룹의 주력사인 '삼한전자'는 올해 3월 현재 외국인
지분이 54.7%인데 이들이 대량으로 보유주식을 매각 중이어서
전월 대비 주가는 17.4% 하락하고 주가 하락 속도는 점점 빨
라지고 있습니다."

홍 부회장과 고려그룹 20여 명 주요 관계사 임원들 표정이 심

각해진다.

"삼한그룹이 무너지고 있는 건 이미 언론을 통해 알고 있습니다. 이번 정부가 망하기를 물 떠놓고 비는데 어떤 기업이라고 온전할 수 있겠습니까?"

참석 임원 중 연장자 고려건설의 홍문정 부회장이 입을 뗀다. 홍 회장 막냇동생이고 홍미란 부회장 삼촌이다.

"자! 언론으로 뻔히 알 수 있는 이야기는 그만하고 비하인드에 있는 정보를 나눠 보도록 하죠!"

경제분석실 엄윤식 상무가 말을 시작한다.

"사실 삼한그룹의 분할, 몰락은 4년 전부터 예상된 것입니다. 그룹 승계 과정에서 정민영 부회장의 '삼한물산' 보유한 지적재산권을 과대평가하고 M&A(인수합병)를 위해 증권시장 공시를 허위로 공표한 사실이 밝혀진 2018년부터 몰락은 시작됐다고 볼 수 있습니다."

"아니! 그렇다고 세계 브랜드 가치 9위 기업을 이렇게 망가뜨리다니. 말이 됩니까?"

젊은 임원 중 한 명이 분통을 터뜨린다.

"그쪽 주력 기업 '삼한전자' 지분은 어떻게 되죠?"
홍미란 부회장이 손을 내저으며 엄 상무에게 묻는다.

"외국인 지분 54.7% 정도로 파악되고 미국, 호주 계열 사모
펀드가 영향력을 발휘할 수 있었지만 고(故) 정준성 회장, 정민영
부회장 일가에 우호적이었습니다. 하지만 정 부회장이 두 번째
로 수감되면서 이들도 집단행동을 할 가능성이 큽니다."

"지배주주로 보면 '삼한전자'에서 고 정준성 회장의 지분은
4%, 정민영 부회장이 지배 가능한 관계사 삼한건설이 4%, 대한
민국 정부의 통제를 받는 국민연금이 3%입니다."

"고 정준성 회장의 지분은 상속세로 날아갈 것 같고, '삼한
건설' 지배주주인 정민영 부회장이 구속되면서 사실상 '삼한전
자' 운명은 국민연금이 틀어쥐고 있구면."
홍 문정 부회장이 혀를 차면서 말한다.

"그걸 그들은 '스튜어드십'이란 멋진 말로 포장하죠. 국민
연금과 정부에서 새로운 이사진을 구성할 준비를 하고 있다는
정보도 있습니다."

엄윤식 상무가 말을 끊는다.

"그렇다면 누가 CEO 될 가능성이 있죠?"
"이번 정부와 코드가 맞는 사람이겠죠."
"세계적 전자회사를 데모만 하던 운동권이 운영한다? 말이
된다고 생각하나?"
"안타깝지만 '삼한전자'는 테크놀로지와 비즈니스 두 측면
에서 모두 시장 지배력을 잃었습니다."
엄윤식 상무가 다시 끼어든다.

"그렇다고 이렇게 쉽게 무너지나?"
"전자 쪽이 원래 그렇습니다. 유행이나 기술 변화에 아주 민
감하죠. 핀란드 노키아가 대표적이죠. 1998년부터 13년 간 세
계 휴대폰 시장 점유율 1위를 차지하다가 스마트 기술에 적응
하지 못해 한 번에 날아갔죠."

"인공지능, 자율주행 자동차, 지능형 로봇 등 4차 산업혁명을
위해 차세대 반도체나 시스템 반도체가 필요한 시기인데 '삼한
전자'는 경영권 방어를 위해 배당을 늘리거나 자사주를 매입
소각하는데 엄청난 자본을 다 허비했죠."

"보통 라인 증설에 1조 이상 투자가 필요하지만 국내 경기

불황으로 그만한 자본을 조달하지 못했고 대부분 시간을 정부가 내세우는 규제를 무마하는데 시간을 허비했습니다."

"지금 '삼한전자'는 케이스가 좀 다르지."
고려건설 홍문정 부회장이 비만한 몸을 흔들면서 말한다.

"'삼한전자' CEO는 누가 될 것 같죠?"
홍미란 부회장이 엄 상무를 뚫어지게 바라보며 묻는다.

엄 상무가 설명한다.
"첫째, 세계은행 부총재를 지낸 현 매사추세츠 공대 슬로안 스쿨(MIT Sloan School)의 김상일 석좌교수입니다. 그는 한국에서 태어나 중학교 때 미국에 건너간 이민 1.5세대입니다."

"미국 칼텍(CalTech)에서 컴퓨터공학을 전공하고 MIT Sloan School에서 MBA를 취득했습니다. 그 후 세계은행에서 계속 경력을 쌓다 부총재까지 올라갔습니다. 지금은 MIT에서 석좌교수로 재직 중입니다."

"두 번째, 세계적인 구글(Google)의 왕소영 부사장입니다. 그녀는 한국에서 태어나 KAIST에서 학사, 석사를 전자공학으로 마쳤습니다."

"미국 UCLA에서 전자공학으로 박사를 마치고, Google에 영입되기 전 실리콘밸리에서 창업을 해 유명했습니다. 이후 Google에서 기술개발 부사장으로 영입했습니다. 전자회사에서 드물게 여성 CEO가 될 수 있습니다."

"마지막으로 사단법인 한국전자공업발전협회의 윤치형 회장입니다. 그는 국립 서부대에서 학, 석, 박사를 경제학으로 마쳤습니다. 모교 서부대 경제학과 교수를 역임한 바 있습니다."

"윤 회장은 시민단체 '참혁^(참여와 혁신)'의 공동회장, '전본^(친일청산 전국운동본부)'의 공동대표, '민교연^(민주화를 위한 전국 교수 연대)' 회장과 청와대 정책수석을 역임한 바 있습니다."

"누가 제일 유력한가?"
홍 문정 부회장이 묻는다.
엄 상무는 손가락 세 개를 펼친다. 동시에 회의실에 있던 임원들 입에서 낮은 신음 소리가 난다.

"확실합니까?"
홍미란 부회장이 묻는다.
"최고 권력 주변의 믿을 만한 소식통입니다. 거의 확실합니다."

엄 상무가 대답한다.

"무엇보다 CEO가 해야 할 일은 노조가 없는 '삼한전자'에
노동권을 강화하는 것이라 하더군요."

이때 홍미란 부회장 여비서가 문을 살짝 열고 들어와 귓속말
을 건넨다.
"잠깐! 특별 담화라 합니다. 회의 잠시 중단하고 TV 시청하
겠습니다."

TV를 켜자 바로 특별담화가 시작된다.

"사랑하고 존경하는 국민 여러분, 저는 오늘 2022년 우리 경제
현황에 대해 국민 여러분께 허심탄회하게 말씀드리고자 여기에
섰습니다. 국제경제 성장 둔화와 열강들의 경제 패권 경쟁으로
인해 우리 경제는 수출 약화와 내수 부진의 큰 어려움을 겪고 있
습니다."

"국민 여러분들께서 언론을 통해 이미 알고 계시지만 우리나라
대표기업도 이러한 환경변화에 곤란을 겪고 있습니다. 우리는 이
혼란과 고통을 성장을 위한 디딤돌로 삼아야 합니다."

"특히 이번 기회에 낡은 시대의 유물인 재벌 체제에서 벗어나 글로벌 스탠다드에 기반한 새로운 혁신 경제체제로 진입해야 합니다."

"핀란드에서 세계적 기업 노키아가 파산하자 이를 통해 수많은 벤처 스타트업이 생겨났다고 합니다. 우리의 창의적인 젊은이들이라 해서 못할 것도 없습니다."

"저는 우리 경제를 낙관합니다. 지금의 혼란과 고통의 시간을 수습하면 더 큰 혁신과 성장이 시작될 것을 믿습니다. 감사합니다."

특별담화가 끝나자 방송 카메라가 꺼진다.
급하게 홍보수석이 말을 더한다.
"오늘은 기자 여러분 질문은 받지 않겠습니다."

다시 고려그룹 '글로벌경제연구원' 회의실.

"지는 아무 잘못도 없단 말이네, 조만간 우리도 '삼한전자' 꼴 나겠어."
홍문정 부회장이 깊은 한숨을 쉰다.

주요 임원들도 얼굴이 어둡다. 회의실에는 비장감마저 돈다.

"잠깐 10분간 브레이크 타임을 갖고 회의 계속하겠습니다."

홍미란 부회장이 선언한다.

주요 임원들이 크지 않은 회의실 여기저기 삼삼오오 모이고 커피나 차를 마시기 시작한다.

"아! 저기 하만호 국장 아냐!"

어떤 임원이 아까부터 계속 켜 있는 TV를 가리키며 소리친다.

"야! 인제 고위 공무원들도 데모하나?"

"아니죠. 저분은 이번 정부에서 잘린 지 꽤 되는데."

"지금 TV에서 나오는 데모는 '공무원 연금 개악 저지투쟁'이네!"

"아! 참, 세상 많~이 바뀌었구먼."

페이스북(Facebook)

다음은 조방(曺邦) 장관님 페이스북 내용입니다.

어제 사단법인 한국전자공업발전협회 윤치형 회장이 '삼한전자' 대표이사로 선임되셨다는 소식 들었습니다.

윤치형 회장은 지난 30년 우리 재벌 대기업의 지배구조를 대학에서 연구하셨고, '참혁(참여와 혁신)' 공동회장, '전본(친일청산 전국운동본부)' 공동대표, '민교연(민주화를 위한 전국 교수 연대)' 회장을 역임한 사회 운동가로서 소수 족벌 경영의 구태에서 벗어나지 못한 한국 재벌 기업을 촛불 혁명의 정신으로 '단숨에' 선진 시스템 기업으로 발전시킬 것을 믿어 의심치 않습니다.

지금 무엇보다 새로운 경영진이 해야 할 일은 무노조 '삼한전자'에 노동권을 강화하는 것입니다.

'삼한전자'에도 글로벌 레벨의 노동조합 활동이 보장되어야 하며 노동삼권 존중, 정의로운 분배, 나아가 노동의 경영 참여가 허용되고 활성화되어야 합니다.

또한 '삼한전자'는 지금까지 국민들로부터 받은 사랑에 대한 보답으로 평화경제 건설에 앞장서야 합니다.

북한으로부터 공식적으로 제안받은 나진선봉지구 핸드폰 공장 건설, 개성공단 백색 가전공장 건설, 김책공대에 반도체 기술 이전, 3대 사업을 빠른 시간 안에 실현시켜야 합니다.

세계적으로 눈부시게 발전하는 기술경쟁에서 승리하고 자립화를 이루기 위해 특히 삼디(3D)기술에서 세계적 우위를 갖도록 최선을 다해야 합니다.

그럼 대한민국 '앙가주망'의 대표주자 윤치형 대표이사님(교수님)의 눈부신 활약을 기대합니다.

결과는 정의롭게

광화문 광장에 구질구질하게 비가 내린다.

'공무원 연금 개악 저지투쟁' 시위현장도 간간히 내리는 비 때문에 시위 열기도 같이 식는다.

하만호 전 국장에게 이런 집회는 생전 처음이다. 전두환 군사 정권이 극성인 1980년대 말 학번인데도 그는 시위현장에 한 번도 나가지 않았다.

대학이 마련해 준 고시특별반에서 먹고 자고 생활하다 보니 그때는 세상이 어떻게 돌아가는지 관심도 없었다.

50 넘은 나이에 시위현장에 나서서 손을 뻗쳐 구호를 외치지만 뭘 어떡해도 어색하다. 시위대도 생각보다 많지 않다. 공무

원 노조가 전국에서 끌어 모은 인원이 약 2,000명, 전직 공무원들 약 300명이다.

그래도 고공단(고위공무원단)이었다고 단상 밑에 의자를 놔 주었다. 하지만 하 국장은 그것도 어색하고 기자들 카메라를 의식해서 바닥에 주저앉았다.

"평생 바친 내 인생! 연금 삭감 웬 말이냐!"
"무책임한 재정적자! 정부는 사죄하라!"
"더 이상 못 참겠다! 재정적자 축소하라!"

구호를 외치고 공무원 노조위원장, 저지 투쟁위원장의 인사말이 있은 후 예정에 없던 국무총리실 국무조정실장이 참석한다고 한다.
그래도 공무원들의 시위라 예의는 있다.

공무원 노조 지도부는 떨떠름하게 마이크를 넘긴다.

국무총리실 국무조정실장 성낙민 실장은 하 국장 행정고시 한 기수 아래고 대학은 같은 학과 동기다.

대학 시절 늘 같이 붙어 다니던 친군데 운동권은 아니었지만 고향이 전라남도여서 그런지 이번 정권에서 벌써 두 번이나 승진을 거듭 장관 직급까지 올라갔다.

단상에 올라가기 전 어색하게 악수는 나누었다.

"고공단 선배·동료 여러분, 공무원 노조 조합원 여러분, 국무총리실 국무조정실장 성낙민 인사드립니다."

허리를 90도로 숙이고 인사한다. 처음부터 아주 저자세로 나오는 것 봐서 오늘 시위를 통해 부정적 여론이 확산되는 것을 막고 윗선에 충성하려고 최선을 다하는 것 같다.

"국가를 위해 청춘을 바친 선배 여러분, 그리고 오늘도 국민을 위해 헌신 봉사하는 공무원 여러분. 나라가 위기에 처하고 국민들이 갈 길을 잃을 때 우리 공무원들은 항상 최전선에서 희생하고 헌신했습니다."

"아시다시피 국제경제 성장 둔화와 미·중 열강들의 경제 패권 경쟁으로 인해 우리 경제는 수출이 전년 대비 12.3%나 감소하고 내수는 8.9% 감소하는 큰 어려움을 겪고 있습니다."

"더더군다나 존경하는 선·후배 여러분들께서 언론을 통해 이미 알고 계시지만 우리나라 대표기업 '삼한그룹'도 이러한 환경 변화를 이기지 못하고 그룹 해체라는 초유의 사태를 겪고 있습니다."

시위대는 멀뚱멀뚱 성 실장을 바라본다.
물론 박수를 치는 사람은 없다.

"정부는 최선을 다하고 있지만 재정적자는 늘어가고 세수는 급감하는 사태가 벌어지고 있습니다. 저도 공무원 생활 30여 년 했지만 공무원연금 적자는 매년 눈덩이 불어나듯 하고 있습니다."

말하는 사람이 얄밉긴 하지만 맞는 말이다. 2019년 예상에 따르면 이 정부가 끝나는 2022년 중앙과 지방정부 채무를 합한 국가채무는 897조 8000억 원으로 900조 원에 육박하며, GDP 대비 비율은 41.6%를 예상했다.

하지만 소위 '소득주도성장'과 같은 생뚱맞은 정책과 대기업의 줄도산으로 세수가 예상보다 줄어들어 국가채무는 더 이상 관리할 수 없는 수준까지 왔다.

"그래도 우리 공무원들은 상대적으로 안정적인 직장을 영위하고 있지 않습니까? 여러분의 희생이 나라를 살립니다. IMF 경제 위기를 '금 모으기'로 극복했듯이 이번 경제 위기는 공무원들이 나서야 한다고 저는 생각합니다."

이 정도 정성이면 반응이 있어야 정상이지만 박수를 치거나 호응하는 사람이 없다.

경상남도라고 명패가 붙어 있는 줄에서 한 공무원이 소리친다.
"아니 그래도 계속 공무원을 뽑아야 합니까? 왜 그러는 겁니까? 임기 중에 공무원 17만 명 증원 공약을 밀어붙이는 겁니까?"

순간 시위현장에서 서로 한마디씩 하겠다고 일어선다.
어떤 사람은 소주성(소득주도성장)을 큰소리로 비판하고, 어떤 사람은 고압적인 기업 정책을 말하고, 어떤 사람은 퍼주기 대북 정책을 질타한다.

광화문 시위현장은 일순간에 아수라장이 됐다.
국무조정실장 성낙민의 얼굴이 일그러지고 당혹감을 감출 수 없다.

이때 비를 퍼부울 듯 꾸물대던 하늘에서 천둥번개가 치기 시작한다.

탁구공만한 우박이 시위대 위에 퍼붓기 시작한다.

세종문화회관으로 피하던 사람들이 한마디씩 한다.

"이제 하늘도 노하시네, 천벌이야 천벌."

기흥을 해방하라! 1

2022

황해남도 북한군 사곶 해군기지(D-2)

리용현 중좌는 가지고 있는 남조선제 K2 소총의 노리쇠를 만지작거렸다. 어쩐지 수십 년 쓰던 AK-47 아카 보총과는 다른, 손에 꼭 들어맞는 장난감 같다.

"리용현 중좌 동지."
뒤에서 갑자기 낮고 쉰 목소리가 들렸다.

"거이! 북쪽 말투같이 하지 말라!"
뒤돌아보니 윤태길 중위이다.
"아이쿠! 갑자기 말투 바꾸려니 좀 어색합니다."

차가운 밤은 점점 어두워 간다.
바다색도 짙은 검은색으로 불길하게 변해 간다.

멀리 사곳 조선 인민군 해군 잠수정 기지 전기불은 보안을 위해 제한적인 숫자만 어슴푸레 밝혀져 있다.

서로 분간할 수 없는 깊은 어둠 속….
긴 길 양쪽에 11명 사내들이 어떤 사람은 청바지 점퍼 차림으로, 어떤 사람은 노동자 복장으로, 모두가 남조선 대중 일상복을 입고 손에는 소총 하나만 든 단독군장으로 사방을 경계하며 걷고 있다.

"다음부턴 조심하겠습니다."
윤태길 중위는 잇몸을 다 보이는 웃음을 지으며 앞으로 씩씩하게 걸어 나갔다.

"지금부터 잠수함에 탑승합니다."
맨 앞에 가던 해군 선도군관이 조용하지만 단호한 목소리로 말했다.

11명 모두 잠수함을 향해 조용히 발걸음을 옮긴다.

상어급 잠수함이 어둠을 뚫고 보이기 시작했다.
작전과 훈련 때마다 수백 번 드나들던, 무기나 장비라기보다 오히려 친척집같이 여길 만큼 애착이 가는 상어급 잠수함이다.

길이 34m, 폭 3.8m, 높이 6.7m, 7.5노트의 상어급 잠수함은 공작조를 포함한 최대 인원 30명을 싣고, 조선 반도 해저 구석구석을 훑고 다닐 수 있다.

실상 이제 조선 반도 해저는 모두 우리 조선민주주의인민공화국의 것이라 해도 과언이 아니다.

이번 '기흥해방작전 특공소조' 대원들은 적어도 잠수함 공작에 50회 이상 경력을 가진 자들을 친애하는 당중앙께서 직접 한 명 한 명 선별했다. 공화국 정찰총국 안에 제일 강한 무적 특공조인 것이다.

갑자기 파도가 쳐서 바닷물이 얼굴까지 튄다.
내일은 남조선이다!

정찰총국 작전국 부국장실(D-1)

정찰총국 작전국 부국장 오정렬은 방금 회의에서 돌아와 깊은 숨을 내쉬었다. 흰 회벽 위에 대원수님과 원수님의 사진이 싸늘하게 그를 내려다보고 있다.

"아이고, 죽겠구먼…."
온몸에서 진땀이 흐른다.

대남침투 작전번호 '202223 기흥해방작전'의 성공 가능성과 모든 발생할 수 있는 경우의 책임 소재를 놓고 정찰총국 작전국 확대일꾼회의가 방금 끝났다.

중앙당에서 내려온 큰 골자의 지시에 감히 총국 간부들이 토를 달 수 없었으나 이전 연평도 작전같이 오히려 역으로 공화국이 공격당할 경우에 대한 대비가 미약하다는 의견이 많았다.

"개 같은 늙은이들…."

작전 결과에 대한 책임은 결국 작전기획 실무를 책임졌던 오정렬이 다 떠맡는 선에서 회의는 끝이 났다.

달리 말해 옛날 통전부 부장 최승철, 전금철 내각책임 참사, 화폐개혁에 실패한 박남기 당 계획재정부장, 당 행정부장 장성택같이 공개 총살되거나 류경 보위부 부부장같이 쥐도 새도 모르게 사라질 수 있다는 것을 말하는 것이다.

이 생각이 스치자 마자 손가락 끝까지 온몸에 전기가 흐르는 것 같다. 특히 오래전이지만 고위 간부들이 보위부 병사들이 쏜 총알 7발을 한 몸에 맞고 땅에서 뒹굴고 모래밭에 선혈이 낭자했던 모습이 뇌리에 스쳐갔다.

"우리 공화국이 장사꾼들에게 이런 수모를 당했으니 한번 크게 붙어도 되지 않았나?"

이마와 핏줄이 서서 오정렬 부국장은 자기도 모르게 주먹으로 책상을 쳤다.

책상을 치자마자 갑자기 전화벨이 울렸다.

수화기를 든다. 당중앙 동지다.

"오정렬 부국장이야?"

나이가 스무 살 차이 나도 늘 반말이다.

"예! 장군님."
"정찰총국 확대일꾼회의 잘 끝났나?"

"호상 원만히 종료했습니다."
"이번 내가 지시한 작전이 어떤 의미인지 아나?"

"잘 료해하고 있습니다."
"오정렬이! 이번 작전의 의미는 잘 알고 있겠지… 남조선이 우리보다 나은 점이 뭐라 생각하나?"

"…"
"경제야 바로 경제, 경제만 무너뜨리면 남조선에 정치가 있나? 핵 군사력이 있나? 정신력이 있나?"

"맞습니다."

"남조선 경제의 상징은 바로 '삼한전자'이야, '삼한전자'의 상징에 불을 지르는 것이 이번 작전의 핵심이야 알갔어?"

작전 계획 동안 지난 반년, 수백 번 들은 이야기다. 그렇다고 못 들은 척할 수 없다.

"어떻게 웬남$^{(베트남)}$ 나가 있는 '삼한전자' 손전화기$^{(핸드폰)}$ 공장을 우리 공화국으로 이전하라는 우리의 정중한 요청을 감히 거역하는가 말이야!"

"남조선 소위 보수니 진보니 우리가 보긴 정치 역량이 다 도토리 키 재기인데 분렬될 만큼 분렬되어 슬쩍 건드려도 다 무너질 것이야… 우리는 그 핵심만 건드리자는 것이지."

"그래서 이번에 당중앙의 결심을 완성하고자 정찰총국 최고 전사 11명을 선발한 것입니다."

오정렬은 대답한다.

"특공조장이 리용현이라고 했소…?"
"네, 그렇습니다. 리용현 중좌입니다."

오정렬이 대답했다.

"라-용-현 이…."
당중앙은 조용히 그리고 낮게 이름을 되뇌었다.

대한민국 경기도 화성시 부근^(D-1)

새벽 4시 반이다.

2022년 2월 9일^(수) 지난 밤 11시.

황해도 사곶을 떠난 상어급 잠수정에서 11명의 정찰총국 특수대원들은 서해 공해상에서 중국 어선으로 위장한 공작선으로 갈아타고 다시 남조선 화성시 서신면 백미리 해변에 상륙했다.

지금은 해운산 해운초등학교 부근 야산으로 이동하는 중이다. 언제나 그렇듯 남조선 해군, 해경의 어떠한 검색이나, 검문도 없이 마치 자기 옆 동네 가듯 이동이 가능하였다.

리용현 중좌와 11명의 특공소조는 해운초등학교 주변 야산에서 누군가를 기다리고 있다.

 아직 새벽은 춥다. 하지만 한겨울에 어떤 월동 장비 없이 개마고원 특수 훈련이 가능한 강철 대원들이다. 오히려 시간이 지날수록 여유가 보인다.

 갑자기 국도 끝에서 헤드라이트가 점점 다가오는 것이 보인다. 약 300m쯤 앞에서 K-511 두 돈반 군용트럭이 하나가 주춤주춤 다가오다 섰다. 차문이 열어 젖혀지고 점퍼 차림의 사복을 한 사내가 나와서 랜턴을 원형으로 그렸다.

 리용현 중좌가 암구호를 외쳤다.
 "압구정!"
 상대편은 대답하였다.
 "을밀대!"

 남조선 육군 51사단 김현정 대위다.
 "오느라 고생 많았소, 장비는 다 가져왔소?"
 "오시느라 애쓰셨습니다, 장비는 걱정하지 마십쇼."

 남조선 괴뢰군은 적이다. 이 자는 적이라고 해도 군관 아닌가? 저리도 뻔뻔하고 비굴할 수 있을까?

리용현 중좌는 뜻 없는 메스꺼움까지 느낀다.

대화 도중 갑자기 트럭에서 세 명의 젊은이들이 뛰어내린다.
11명 대원들은 소음기를 단 총부리를 일제히 그들을 향한다.

"잠깐! 다 우리 편이요."
김현정 대위가 몸으로 막으며 앞으로 나온다. 그가 제지하지
않았으면 세 명은 황천길로 갈 뻔했다.

"도대체 누구요? 작전을 이렇게 자유주의로 해도 되는 거
요?"
리용현 중좌는 거칠게 김현정 대위를 밀치며 내뱉었다.

"사이버민족해방사령부 회원들입니다. 그중에서도 핵심인 '은
사랑' 회원들입니다."
김현정 대위가 손을 비비며 대답하였다.

"은사랑이 뭐요?"
"당중앙 동지를 사랑하는 청년들의 모임입니다."

김현정 대위는 민망한지 눈을 마주치지 못하고 땅을 보면서
대답한다.

김현정 대위… 남조선 육군사관학교 출신 엘리트 장교, 그가 이렇게 무너진 건 다 도박 탓이다. 신혼 초부터 혼수 문제로 별거한 아내, 여자 없이 거의 3년 부대를 따라 객지 생활하며, 혼자라는 외로움을 하우스 도박에서 풀어 보려 했던 것이 화근이었다.

처음엔 재미로 시작하여 3천만 원으로 시작한 빚이 나중엔 약 7억 2천만으로 불어났다. 전형적인 도박 중독이다. 우리 공화국은 그의 빚 일부를 반 년 전 탕감해 주었다. 목숨을 조폭들로부터 구원해 준 것이다.

작년 그는 이혼했다. 사생활이 이렇게 엉망이지만, 남조선 군 정보 당국은 까맣게 모르고 있었다. 사나이 김현정의 남조선에서 삶은 이번 작전으로 끝난다. 그는 북조선으로 가 새로운 삶을 개척할 것이다. 꼴에 더 충성해 보겠다고 소위 '친북 사이트' 회원들까지 꼬드겨 데리고 나온 것이다.

"알았소! 챙길 것부터 챙깁시다. 장비는 제대로 가져왔소? 좀 봅시다. 그리고 세 명이나 이번 작전에 이렇게 철없이 참가하는 건 곤란하오. 당신 좀 미친 것 아니오?"

김현정 대위는 말없이 K-511 군용트럭 뒤로 가서 위장포를 걸

는다. 50mm 박격포와 75mm 무반동총과 그리고 포탄 네 박
스가 자못 자랑스럽게 자리를 하고 있다.

이제 작전은 시작할 수 있다.
리용현 중좌 입에서 반사적으로 구호가 튀어 나왔다.

"결사옹위, 조국통일…."

기흥을 해방하라! 2

2022

디 데이(D Day)

이제 기흥해방작전 특공조는 15명이다. 남조선 괴뢰군 김현정 대위와 얼뜨기 '사이버민족해방사령부' 회원 4명이 합류된 것이다. '사이버민족해방사령부' 회원들은 집으로 돌려보낼 수도 그렇다고 죽일 수도 없어 일단 데려간다.

잘 모르겠지만 당중앙 동지에 대한 충성심은 있어 보인다. 그래서 '은사랑'이라 하지 않나? 이들은 전투요원이 아닌 인터넷 선전선동에 활용될 것이다.

새벽 5시 47분.
리용현 중좌와 정치군관 조건동 중좌, 그리고 운전원 김충직 중사는 앞좌석에 앉고 나머지는 트럭 뒤에 꾸겨 앉았다.

이미 평남 사리원시 근처의 모의 훈련장에서 거의 일백 번에 가깝게 훈련을 받은 대로 15번 국도에서 영동고속도로를 향해 질주를 계속한다.

소조원들의 긴장감도 약간 풀려, 몇몇 대원들은 살짝 졸기까지 한다. 차 옆으로 고속버스, 출근용 버스들이 아무런 의심 없이 질주하고 있다.

리용현 중좌는 짐칸에 앉은 부하들을 하나하나 살펴본다.

1. 중좌 조건동
40세, 정치군관, 평안남도 남포직할시 출신, 김일성 군사종합대학 출신, 인터넷을 이용한 심리전(心理戰) 전문가.

2. 소좌 강신범
37세, 전투 그루빠, 자강도 고풍군 출신, 간부학교 출신 일당백의 정찰총국 전사 중에서 가장 사격술이 뛰어남, 세계군인사격선수권대회 금메달리스트.

3. 상위 김국진
35세, 전투 그루빠, 평양특별시 출신, 3년 동안 저격 훈련을 집중적으로 받음, 악조건 속에서도 10일 보급 없이 버틸 수 있으며, 특히 남조선 요인 암살 훈련을 집중적으로 받았음.

4. 상위 리민성

32세, 심리전 그루빠, 황해북도 사리원 출신, 김일성 종합대학교 정치경제학과 출신, 특히 남조선 청년 선전선동에 강함.

5. 중위 윤태길

32세, 전투 그루빠, 평안남도 대동군 출신, 상위 김국진의 보좌요원.

6. 소위 오태석

26세, 전투 그루빠, 강원도 원산시 출신, 박격포 및 무반동총 전문가.

7. 특무상사 김성동

35세, 심리전 그루빠, 평안북도 삭주군 출신, 조건동 중좌 보좌요원.

8. 특무상사 김달민

34세, 전투 그루빠, 황해남도 해주시 출신, 강신범 소좌 보좌요원.

9. 상사 리영민

31세, 전투 그루빠, 량강도 김정숙군 출신, 전투와 함께 통신병을 겸함.

10. 중사 김충직

27세, 심리전 그루빠, 평안남도 대홍군 출신, 전투와 함께 운전병을 겸함.

11. 리용현 인민군 중좌

42세, 기흥해방작전 특공조장, 량강도 김정숙군 출신, 조선민주주의인민공화국 정찰총국 작전국 소속, 김정숙 고등중학교 졸업 후 바로 인민군 입대 복무 중 강건종합군사학교 졸업, 이후 특공임무에만 종사, 2007년(주체 96년) 노동당 입당, 2005년 결혼했으나 아내는 간단한 복막염 치료도 받지 못해 병사(病死), 현재 독신, 강인한 체력과 냉철한 판단력의 소유자, 당중앙 3대(代)에 맹목적인 충성이 신앙의 수준.

김현정 대위

33세, 남조선 육군 51사단 본부중대 중대장, 심한 도박벽으로 거액의 사채까지 지고 이혼을 당함. 북한 측으로부터 빚을 탕감해 주는 대가로 인터넷 카페 사이버민족방위사령부 회원들과 그의 조국 대한민국에 반역의 길을 걷게 된다. 흔히 남조선 괴뢰군에서 볼 수 있는 국가관 없는 공무원형 직업군인.

리용현 중좌는 운전 하사관 김충직에게 고속도로 기흥 톨게이트를 벗어나 약 2km 농서로에서 '삼한전자' 공장이 마주보이는 원형 공터에 차를 세우도록 명령한다. 15명의 대원들이 빠른 속도로 차에서 내렸다.

특공조원들은 기흥 '삼한전자' 반도체가 바로 보이는 공터에 '군 공사중' 표지판을 내려놓고 땅을 파고 모래주머니와 텐트를 가지고 15명이 들어갈 만한 소형 벙커를 3개 만든다.

40여 분간 신속한 동작으로 이루어져서, 주변에 출근하는 차량들도 군 작전을 위한 도로나 전기선 공사로 착각할 정도였다.

리용현 중좌는 낮은 목소리로 대원들에게 말하였다.
"이번 기흥해방작전은 우리 당중앙을 모욕한 미 제국주의와 인민의 고혈을 빠는 매판자본 '삼한전자'의 대외 신인도를 떨어뜨리고 남조선 경제에 혼란을 일으키는 것이 목적이다."

"우리는 여기서 최대 3일 버티면 되고, 최대한 '삼한전자'에 타격을 주고 중립국을 거쳐 전원 공화국으로 복귀할 수 있다."

"은폐물이 적의 공격과 저격을 버틸 수 있는지 마지막으로 점검하고, '전투 그루빠'는 박격포와 무반동총을 설치하고 '심리전 그루빠'는 인터넷을 효과적으로 사용하여 우리의 의거가 재벌에 대한 의거 투쟁임을 밝히고 남조선 전역의 청년, 무산대중, 노동조합에 확산될 수 있도록 한다."

"단, 우리가 공화국 북반부에서 내려온 것이 아니고 남조선에서 의거 봉기한 것으로 철저하게 비춰지도록 한다. 이 시간 이후는 북쪽에서 쓰는 말투는 일체 사용하지 않는다. 또 전원 복면을 착용하여 우리의 신원이 밝혀지지 않도록 한다."

"각자 소지하고 있는 남조선 주민등록증, 운전면허증, 학생증을 확인하고 이름, 생년월일도 마지막으로 확인하기 바란다. 복면은 어떤 경우에도 벗지 않는다. 이를 어길 때에는 내가 즉시 현지처분하겠다. 알겠나!"

"네!"
훈련받지 않은 얼뜨기 '은사랑' 회원들의 목소리가 우렁찼다. 리용현 중좌는 재빨리 손가락을 입술에 대서 목소리를 낮추라는 제스처를 취했다.

리용현 중좌 비망록^(D Day)

07:04

전투 그루빠 '삼한전자' 기흥 반도체 공장에서 약 500m 도로상에 박격포와 무반동총 각각 1발 발사. 아스팔트길 위가 손상을 입는 것과 공장의 일부 도로가 파괴된 것을 육안으로 파악.

07:05

심리전 그루빠 노트컴^(노트북)을 사용 이미 만들어진 카톡, 페이스북, 트위터, 유튜브를 통해 성명서 발표.

1차 선언문 발표.

대한민국 국민 여러분, 저희는 '삼한전자' 기흥 단지의 해방을 위해 일어선 노동자들입니다. '삼한전자'는 노동자들의 고혈을 짜내는 악덕 기업입니다.

경영권을 세습하고 노조 설립을 탄압하며 우리의 건강권, 생존권마저 박탈하고 있습니다. 우리는 오늘 생존권 차원에서 '삼한전자'에 대응하기 위해 봉기를 시작합니다.

방금 전 저희는 박격포와 무반동총 탄환을 '삼한전자' 반도체 근처에 발사하였습니다. 지금의 발사는 공장에 피해를 줄 수준은 아닙니다. 우리의 요구가 무시되고 관철되지 않을 경우 더 심각한 수준의 무장 공격을 할 것입니다.

07:21
2차 선언문 발표.

대한민국 국민 여러분, 저희는 기흥 '삼한전자' 단지의 해방을 위해 일어선 노동자입니다. 다음과 같이 우리 주장을 발표합니다.

첫째, '삼한전자'에 즉각 노조를 허용하라!
첫째, 지금까지 백혈병, 암, 희귀병으로 사망하거나 입원 중인 노동자들에게 즉각 그 고통에 적절한 보상을 하라! 또한 은폐

된 산업재해를 만천하에 공개하라!

셋째, '삼한전자' 노조 설립을 추진하다 구속 수감된 노동자들을 즉각 석방하라!

넷째, 노동 당국과 정치권은 위의 3개 항을 즉시 실천하고 우리 노동자들과 협상할 책임을 질 수 있는 '협상단'을 즉각 구성, 협상에 응하라!

삼한전자 본사(D Day)

08:30

서울, 상암동 '삼한전자' 본사는 대부분 직원들이 콩 볶듯이 뛰어다니고 있었다. 전 그룹에 비상이 걸렸다. 외부 진동에 매우 약한 반도체 공장 근처에 포탄이라니! 선대회장이 한국 반도체 산업을 시작한 기흥에 무장 괴한들의 포탄이 날아오다니….

용인시에서 '기흥(器興)'의 행정명칭을 '구흥(駒興)'으로 바꾸려 했을 때 선대회장 유훈을 지키기 위해 '기흥'이란 이름을 로비까지 해서 지켜 냈던 바로 그곳 아닌가?

반도체 총괄 긴급 임원회의.

임주항 부회장은 양옆으로 앉아 있는 고위 임원들을 바라보며 울부짖듯 말한다.

"반도체 총괄 조민영 사장 상황보고해 주게."

조 사장이 보고한다.

"전직 '삼한전자' 직원 중에서 노조 설립을 비밀리 진행하다 강제 퇴사당한 노동자들이 군대 내 동조 세력과 같이 소위 '기흥해방군(器興解放軍)'을 조직, 금일 07시 05분 기흥 반도체 총괄 1공장 앞 공지에 50mm 박격포탄 1발과 75mm 무반동총 1발을 발사했습니다."

"생산라인 상황을 긴급히 점검해 본 결과 이상이 있을 정도는 아니며 현재 수율(불량률)도 평일과 동일합니다. 문제는 이들 준군사 조직이 계속 농성을 하며 자기들 주장이 관철되지 않을 경우 반도체 공장 전체를 파괴하겠다고 인터넷을 통해 계속 협박하고 있는 것입니다."

"이들은 소총과 박격포로 경무장(輕武裝)한 상태이며 전원 복면을 하고 있어 정확한 신원을 파악하고 있지는 못합니다. 하지만 전원 대한민국 국민들인 것 같습니다."

조 사장이 말을 마치자 회의에 참석한 사장, 전무급 고위 임원들에서 봇물 터지듯 질문과 의견들이 쏟아져 나온다.

"더 문제가 되는 것은 기흥 톨게이트 밖에서 이 집단을 지지하는 촛불 시위대가 속속 모여드는 점입니다."

"그놈들 주장은 또 뭔데?"
임주항 부회장이 큰 소리를 지른다.

"시위대 블랙카드를 보면 '족벌 재벌 물러가라', '삼한전자에 노조를!', '노조 탄압 삼한전자 OUT' 등 주로 노조와 인터넷 카페 등에서 나온 사람들로 보입니다. 대학생 단체 심지어 중학생들까지 나오는 것 같습니다."

갑자기 회의장에 있는 전화기의 벨이 울렸다.
"회장님이십니다."
수행비서가 말했다.

여비서가 다른 핸드폰을 들고 왔다.
"청와대 안보수석입니다."

"회장님과 통화한다고 기다리고 해!"
임주항 부회장은 거칠게 청와대 쪽 핸드폰을 밀어 버렸다.

청와대 안보수석실^(D Day)

대통령실 외교안보수석 고진환은 태어나 이렇게 정신없는 아침을 보낸 적이 없었다.

인터폰을 통해 급하게 지시한다.

"대통령님 지시다. 빨리 NSC^(National Security Council, 국가안전보장회의)를 소집하고, 무장 괴한들을 포위하고 있는 경찰특공대를 통해 현재 상황을 실시간으로 보고하도록 하고, 무장 괴한들에게 노사문제는 반드시 공정하고 평화로운 방법에 의해 해결해야 하고, 지금이라도 투항하면 선처하겠다고 메시지를 보내!"

이때, 안보전략 비서관이 넘어지듯 달려들어 왔다.

"SNS 분위기가 심상치 않습니다."

"뭐?"

"현재 유튜브, 블로그, 트위터, 페이스북 등 SNS에 올라온 글들을 보면 국민들 특히 20·30세대 82.3%가 이번 봉기를 지지하고 3대 세습 '삼한전자'는 반성해야 한다는 의견들이 대다수입니다.

고진환 수석은 소리 질렀다.
"봉기? 당신은 이 무장 괴한들이 하는 짓이 봉기라고 생각하나? 왜 그들은 북쪽 3대 세습은 인정하면서 '삼한전자' 3대 세습에만 돌을 던지지? 불공평한 거 아니야!"

"더 심각한 것은 약 2천 명 촛불 시위대가 기흥 톨게이트 근처로 모여들고 있고, 군과 경찰은 무장 괴한들 감시하는 것보다 몰려드는 시위대를 통제하는 데 더 어려움을 겪고 있습니다."
"그나저나 무기, 장비들은 어디서 탈취한 건지 알아봤나?"

안보전략 비서관이 마른침을 삼키며 대답한다.
"인근 육군 51사단, 공군 16전투비행단에서도 무기가 탈취된 흔적은 없고 모든 장비는 장비대장과 일치한다고 합니다."
"그렇다면 장비가 땅에서 솟아나기라도 했단 말인가? 요즘 군 보고는 믿을 수 없으니 기무사에서 다시 철저히 보고하라고 해, 최근 행동이 수상한 간부들도 파악해 보고…."

"무장 괴한들의 지금 주장은 뭐야?"

고진환 수석은 다시 한숨을 쉬며 묻는다.

"조금 전 그들이 유튜브, 카톡, 페이스북을 통해 전한 메시지
는 첫째, '삼한전자'에 즉각 노조를 허용하라. 둘째, 지금까지
백혈병, 암, 희귀병으로 사망하거나 입원 중인 사우들에게 즉각
보상하고 은폐된 진실을 밝혀라. 셋째, '삼한전자' 노조 설립
으로 구속 수감된 사우들을 즉각 석방하라. 넷째, 노동 당국
과 정치권은 위의 3개 항을 준수하고 협상할 책임 있는 협상진
을 즉각 구성하고 대화하자는 것입니다."

책상 위의 TV에서 계속 기흥 톨게이트와 '삼한전자' 주변 공
중에서 헬기를 이용해 소위 '기흥해방군'의 모습이 속보를 통
해 보이고 있었다.

대한조국당(D Day)

소위 '기홍해방작전' 첫날 오전 9시 30분.
대한조국당 최고위원실.

김기원 대표(친방계)
"제53차 최고회의를 시작하겠습니다. 우선 원내대표께서 긴급 안건을 보고해 주기 바랍니다."

노기헌 원내대표(비방계)
"언론 보도를 통해 내용은 아시겠지만, '삼한전자' 기홍 반도체 공장 근처에서 노조 탄압을 항의하는 무장 괴한 15명에 대한 보고입니다. 오전 7시쯤 요구 조건을 발표했습니다."

조성한 최고위원(친방계)

"그거, 아무래도 북(北)에서 내려온 공작원들 같은데. 군에서도 그렇게 파악하고 있지 않소?"

임정희 최고위원(비방계)

"그런 말씀 하지 마세요. '삼한전자'에서 지금까지 너무한 거지요. 인터넷에서 오히려 무장봉기를 지지하는 여론이 커요."

조성한 최고위원(친방계)

"뭐요? 인터넷에서 뜬소문 돌면 정통 보수정당은 아무 말 못합니까? 그들이 무기가 어디서 나왔겠어요? 그들의 신원이 밝혀졌습니까? 그리고 국회의원이 나아가 대표위원이 무장봉기? 무장봉기가 뭐요?"

노기헌 원내대표(비방계)

"15명 전원에 대한 신원이 밝혀진 것은 아닙니다. 하지만 그 중 4명은 이전에 '삼한전자'에 근무한 경력이 있는 자들로 조사됐습니다."

강민기 최고위원(본인을 진진방계로 주장)

"확실합니까? 뭔가 이상한 냄새가 나요."

임정희 최고위원(비방계)

"그렇게 모질게 노조 설립을 탄압하니 이런 꼴 당하는 거 아 닙니까?"

조성한 최고위원(친방계)
"아니? 임 의원 도대체 어느 나라 사람이요?"

김기영 당대표(친방계)
"아무튼 이번 건은 원만히 해결이 돼야 다음 총선에서 우리가 피해를 당하지 않습니다. 이런 사건도 다 20·30 애들 마음을 뒤흔드는 거 아닙니까?"

임정희 최고위원(비방계)
"우리가 20, 30대에게 외면당하는 이유가 바로 냉전적 사고방식을 버리지 못해서 아네요? 그들이 무기를 가지고 공장을 파괴했지만 그리 큰 피해를 준 것도 아니고, 이번에 '삼한전자'에 무노조 경영의 문제는 정리가 돼야 하지 않겠어요?"

조성한 최고위원(친방계)
"사건의 핵심을 호도하지 말아요! 군 장비를 빼돌려 저 짓을 하는 것들을 옹호한단 말이요?"

함께사회당(D+1일)

'기홍해방작전' 다음 날 오전 10시 국회정론관.
'함께사회당' 대변인 발표.

강원갑 대변인
"이번 기홍에서 '삼한전자'에 노조 설립으로 일어난 사건에
대한 우리 '함께사회당'의 논평을 말씀드리겠습니다."

대변인실 기자들은 일제히 노트북 자판에 손을 가져갔다.
수십 개 카메라 망원렌즈들이 모두 대변인을 향한다.

"어제 2022년 2월 10일 목요일, '삼한전자' 노조 탄압을 규
탄하고 특히 반도체 공장에서 백혈병, 암, 희귀병으로 사망한
노동자들의 보상을 위해 15명의 노동자들이 불법으로 인수한

소총, 박격포, 무반동총으로 무장하여 기흥에 소재한 '삼한전자' 반도체에 2발의 포탄을 발사하였으나, 반도체 공장은 큰 피해 없이 가동되는 것으로 파악되었다.

군 무기를 불법적으로 입수, 폭력적으로 사용하는 행위는 현행법에 의해 처벌되어야 마땅하다. 하지만 지금까지 50여 년간 노조 설립을 압살한 '삼한전자'의 행태 또한 이번 사태를 불러일으킨 핵심 원인이라 분석된다.

우리 당은 다음의 3개 항을 촉구한다.

첫째, 경찰과 군(軍)은 빠른 시간 안에 이번 사태에 가담한 사람들의 신원을 파악하고, 일부 보수 언론들이 제기하는 북한 공작설(說)에 대해 진실을 밝히기를 촉구한다.

둘째, 정부는 이번 사태의 핵심이 '삼한전자'의 노조 설립 탄압에 의해 발생한 만큼, 우리 당이 고발한 '삼한전자'의 노조 말살 경영에 대한 모든 7개의 고소·고발 건을 빠른 시간 안에 해결하라. 또한 우리 당 나혜은 의원이 발의한 '기업 노조 설립 방해 및 해태 행위 처벌에 대한 특별법'을 조속히 상임위에서 처리하라.

셋째, 정부는 금번 사건에 가담한 15명 전원의 안전을 보장하고, 체포 후 모든 수사는 법과 원칙에 의거 진행하라. 이상입니다."

고려일보 인현수 기자
"이번 사건에 가담한 자들 중에 상당수가 북한에서 남파한 공작원들이란 말이 있습니다. '함께사회당'에서는 이런 일부의 주장에 대해 어떤 견해를 가지고 있습니까?"

강원갑 대변인
"아직도 그런 레드 콤플렉스를 가진 보수 언론들에 대해 개탄스럽단 말씀을 드립니다. 우리 당의 조사에 의하면 모두 우리 대한민국의 주민등록이 있는 청년들입니다. 그들의 신원조사를 자체적으로 거의 마친 만큼, 완료되는 대로 언론에 발표할 예정입니다."

코리아경제 민혜빈 기자
"이번 사태로 '삼한전자'의 반도체 주문이 43% 급감했다는 소식이 있는데, '함께사회당' 견해는 어떻습니까?"

강원갑 대변인
"모든 것이 '삼한전자'가 자초한 것입니다. 그런 앓는 소리를 하기 전에 세습 경영, 노조 탄압, 살인 은폐 사업장에 대한 사죄를 전 국민에게 해야 한다고 생각합니다. '삼한전자'란 일 개 기업이 어려운 것이지 우리 경제가 전체로 어려운 것은 아닙 니다. 우리 경제 펀더멘탈(Fundamental)은 아직 공고합니다."

한마음신문 박영환 기자
"지금 사건이 발생한 기홍에는 약 1만 명의 촛불 시위대가 이 번 사태를 지지하는 시위를 하고 있는데요, 당의 견해는 무엇입 니까?"

강원갑 대변인
"부도덕한 재벌 기업을 향한 국민들의 당연한 목소리라고 생 각합니다. 언젠가 터질 것이 터진 것이지요."

앵커 칼럼

앵커 칼럼을 시작하겠습니다.

프랑스 북부 칼레시(市)의 청사 앞에는 로댕의 작품 '칼레시의 시민'이 서 있습니다. 그 조각품을 도시 한복판에 세운 역사적 이유는 다음과 같습니다.

프랑스와 영국의 백년전쟁 가운데 영국의 공격을 오랜 시간 버텨 낸 칼레의 시민들은 결국 항복을 선언했지만… 영국 왕은 굴복의 의미로 대표 여섯 명을 뽑아 사형시키라고 요구했습니다.

자발적으로 목에 끈을 묶은 채 앞으로 나선 사람들이 있었습니다.

칼레시의 부자, 귀족, 시장, 법률가들이 앞장섰습니다.

자기 노력이 아닌 주어진 재산, 권력, 명예에 대해서는 때로 목숨을 내놓을 수 있는 시간도 있다는 것을 보여 주는 사례….

'노블레스 오블리주' 란 말은 이때부터 사용되기 시작했다고 전해집니다. 오늘 아침 이 '노블레스 오블리주' 를 다시 생각나게 하는 한 사건!

지난 50년 약자들의 작은 외침마저 외면해 온 소위 '재벌' 그리고 그들을 향한 작은 저항.

불법 그리고 폭력을 행사하는 것이 합법으로 치부될 수 없지만 여기까지, 왜 여기까지 왔는지도 다시 생각해야 하는 밤입니다.

오늘의 앵커 칼럼이었습니다.

다시 기흥 농서로^(D+2일)

다시 기흥 '삼한전자' 앞 농서로.

리용현 중좌는 벙커 옆에 대형 태극기를 달고 있다. 원형 공터 주변 500미터 반경에 눈에 띌 만한 곳에 모두 남조선 경찰과 군의 저격조가 버티고 있다. 어림잡아 30여 명은 될 것이고, 그 뒤에는 더 많은 병력이 있다. 하늘에는 3대의 헬기가 계속 고성능 카메라로 벙커를 감시하고 있다.

11명 정찰총국 대원과 남조선 괴뢰군 김정현 대위, 어영부영 쫓아온 '사이버민족해방사령부' 회원 세 명….

아직까진 모두 건강하다.
총 맞은 사람도 없다.

작전 초, 남조선 경찰특공대로부터 몇 발 총탄이 모래주머니에 맞았지만 그 이후로 별다른 공격도 없다.

벙커 모래주머니 앞에 대형 플래카드가 걸려 있다.

"삼한전자는 노조를 허가하라!"
"삼한전자 반도체, 살인 사업장 폐쇄하라!"
"재벌 OUT, SAMHAN OUT!"

군과 경찰이 별다른 작전을 수행하지 못하는 이유는 다른 데 있다.

오른쪽 기흥 톨게이트와 고매리 저수지 근처부터 왼쪽으로 동탄 신도시까지 약 1만여 명 촛불 시위대가 정찰총국 특공대와 이들을 포위하는 군과 경찰을 에워싸고 있는 것이다.

시위대도 그 자리에서 벌써 이틀을 같이 철야하면서 상황을 관찰하고 있다. 군과 경찰도 진압작전을 펼치려고 하면 그들은 화염병과 투석전으로 작전을 방해한다.

평소에 조용하고, 공장 관련 차량만 지나가는 도로가 온통 사람들로 가득하게 되었다.

"삼한전자는 노조를 허가하라!"

"삼한전자 반도체, 살인 사업장 폐쇄하라!"

"재벌 OUT, SAMHAN OUT!"

1만 명이 한 목소리로 내는 구호가 건물과 건물 사이에 쩌렁 쩌렁하게 울려 퍼졌다.

벙커 앞 약 300m 전방에서 남조선 괴뢰군 중령 계급장을 단 장교와 사병이 흰 깃발을 들고 나타났다.

"당신들이 요구하는 협상에 응하겠소!"
중령이 소리쳤다.

"무기를 멀리 버리고 가까이 오시오."
정치군관 조건동 중좌가 복면을 한 채 소리질렀다.

둘은 총을 땅에 던지고 얼굴을 식별할 수 있을 거리까지 가까이 왔다. 육군 중령이 큰소리로 외친다.

"대한민국 정부와 사법 당국은 이번 당신들의 무장 난동의 배경을 충분히 이해합니다. 빠른 시간 안에 농성을 풀면 법에 의해 선처하도록 하겠소. 구체적인 요구사항이 무엇이오?"

"우리의 요구는 먼저 '삼한전자' 노동자들을 억압에서 해방시켜 주시오."

조건동 중좌가 다시 응대하였다. 어쨌나 능청스럽게 경상도 말투를 그대로 하는지 정찰총국 모든 대원들이 복면 속에서 희미하게 미소 지었다.

"두 번째는 '삼한전자' 반도체에서 화학물질 때문에 각종 암, 백혈병으로 죽어 나간 사람들의 진상을 정확히 세상에 밝히고 충분한 보상을 해 주시오!"

이때 갑자기 골프랜드 근방에서 총소리가 들리기 시작했다.

"삼한전자 아웃! 재벌 아웃!", "기흥 십오 열사 만세!" 등 구호가 들리며 먼지가 일어나는 것이 보인다. 아마 시위대가 저지선을 넘다 남조선군이 발포한 모양이다.

협상 진행 중이던 남조선 중령은 황급히 고개를 돌렸다.
"협상을 잠정적으로 중단해야겠소···."
중령은 황급히 뛰어갔다.

다시 한 번 고매 교차로 부근에서 귀를 때리는 K2 소총 일제

사격 소리가 들린다.

"먹고 쓰다 버리는 게 그렇게 많던데… 나는 아직도 남조선 애들은 이해할 수 없소…."

조건동 정치군관은 리용현 중좌에게 평안도 말투로 낮게 속 삭였다.

다시 한 번 소총과 최루탄이 섞인 일제 사격 소리가 들렸다.

조선중앙 텔레비전 보도

리춘희 조선중앙 텔레비전 보도일꾼은 낮 열두 시 소식에서 보도문을 전투적으로 읽기 시작한다.

"다음 소식입니다. 지금 남조선 경기도 기흥에서는 독점 매판 재벌 '삼한전자'에 대항하며, 구체적으로 노조 설립과 살인적인 사업장 개선을 위해 십오 명의 청년 노동자들이 3일째 농성을 하고 있습니다."

"또한 남조선 애국 청년 1만 명이 인근에서 밤을 지새우며 이들을 지지하는 집회를 가지고 있습니다. 하지만 남조선 괴뢰도당과 괴뢰군이 공격하여 이들 애국 청년들과 경찰들이 충돌하였고, 어저께 저녁 8시까지 총 16명이 총에 맞아 죽고 52명이 큰 상처를 입어 병원에 실려 갔습니다."

"조선민주주의인민공화국 당중앙 동지께서는 '지금과 같이 문명하고 민주적인 세상에서 어떻게 자기 형제·자식 같은 청년 대학생들에게 총부리를 겨눌 수 있냐.'고 크게 걱정하시며 그들을 평화로운 방법으로 보호할 수 있는 인도적인 방법은 없냐고 말씀하셨습니다."

열 시간 후 조선중앙 텔레비전 보도.

"조선민주주의인민공화국 적십자회 중앙위원회 위원장 장재남 동지는 오늘 남조선 적십자사 총재에게 '최근 남조선 경기도 기흥 '삼한전자' 공장 부근에서 일어난 사태에 대해 심심한 우려와 애도의 뜻을 나타내며 애국 청년 15명이 계속 그 자리에 있을 경우 이와 같은 유혈 사태는 계속되리라 예상하여 이들 15명을 조선민주주의인민공화국 적십자회가 중재하여 제3국으로 보내는 것이 좋겠다.'는 전화 통지문을 보냈고 3시간여 후 남조선 적십자사에서는 빠른 시기에 이 사안을 판문점에서 논의하자는 제안을 해 왔다고 발표하였습니다."

무너지다

작전 시작 5일 후, 리용현 중좌는 멀리서 적십자사 헬기가 천천히 내려오는 것을 보고 있다.

조건동 정치군관과 나머지 13명 모두 굳은 얼굴로 하늘을 바라보고 있다. 5일 동안 먹지도 자지도 못한 얼굴들이 쾡하다.

대한적십자사는 3시간 전 인도적 차원에서 소위 '기흥해방군' 15명의 신병을 제3국인 몽골로 인도한다는 언론 보도를 했다. 물론 이들 15명은 사전에 이에 동의한다는 의사를 사이버상에서 밝힌 바 있다.

남녀 젊은이들 일부가 '태어나지 말았어야 할 나라'라고 굳게 믿는 헬조선 대한민국은 또 무너졌다.

적십자사 헬기는 먼지를 날리며 천천히 내려온다.
입 안으로 그 먼지와 모래가 들어온다.

조건동 정치군관과 리용현 중좌 입에서 반사적으로 하늘을
향해 구호가 튀어 나왔다.

"결사옹위, 조국통일…."